डिम्पल वाली प्रेमिका और बौद्धिक लड़का

(कहानी-संग्रह)

डिम्पल वाली प्रेमिका और बौद्धिक लड़का

सुन्दरचन्द ठाकुर

वाणी प्रकाशन ग्रुप
भारतीय ज्ञानपीठ
वाणी प्रकाशन : भारतीय ज्ञानपीठ की पुस्तकों के एकमात्र प्रकाशक एवं वितरक

लोकोदय ग्रन्थमाला : ग्रन्थांक 1271

सजिल्द पहला संस्करण : 2016
सजिल्द दूसरा संस्करण : 2025

वाणी प्रकाशन : भारतीय ज्ञानपीठ की पुस्तकों के एकमात्र प्रकाशक एवं वितरक

वाणी प्रकाशन

4695, 21-ए, दरियागंज, नयी दिल्ली-110 002
दूरभाष : 011-23273167, 23275710
ईमेल : sales@vaniprakashan.in
www.vaniprakashan.com

ISBN : 978-93-7112-110-1

मूल्य : ₹ 250

डिम्पल वाली प्रेमिका और बौद्धिक लड़का
(कहानी-संग्रह)
सुन्दरचन्द ठाकुर

DIMPLE WALI PREMIKA AUR BAUDDHIK LADKA
(Short Stories)
by Sunderchand Thakur

आवरण-चित्र : सचिंत

मुद्रक : आर. टेक ऑफ़सेट प्रिंटर्स, दिल्ली-110 032

सृष्टि की सर्वश्रेष्ठ कृति, मनुष्य के भीतर छिपी
असीमित सम्भावनाओं के नाम...

अनुक्रम

डिम्पल वाली प्रेमिका और बौद्धिक लड़का

उन दोनों को मैं इस तरह देख सकता था जैसे दो कमरों के बीच कोई आँखवाला परदा दोनों कमरों को देख सकता है। मेरे लिए वे खुद मेरी आँखें बन गये थे। वे जो कुछ देखते, समझते थे, मुझसे जरूर शेयर करते थे। उनके लिए मुझसे अपना सब कुछ शेयर करना सुविधाजनक था क्योंकि मैं उन पर अपना कोई फैसला नहीं थोपता था। दूसरों को ज्ञान देना मैंने अपने लिए निषिद्ध किया हुआ था।

वे दोनों एक-दूसरे के प्यार में थे। मैं शुरू में ही भाँप गया था। बाद में भी प्यार कम नहीं हुआ, पर मुझे उसमें गाँठें पड़ती दिखने लगी थीं। यह बहुत हैरानी की बात नहीं। प्यार का मुकम्मल सफर इतना आसान नहीं होता। बहुत कम लोग ही इस दरिया को डूबकर पार कर पाते हैं। शुरुआती प्यार में आवेग होता है। यह उफनती नदी में नाव चलाने जैसा है। नाव डगमगाती है। कितने ही लोग जरा-सा दूर चलकर ही पलट जाते हैं, डुबकियाँ मारने लगते हैं। बहुत कम इस उफान से आगे निकल पाते हैं। प्रेम की नदी की खासियत यह है कि वह बहुत लम्बी दूरी तक नहीं उफनती। उसका उफान निरन्तर कम होता जाता है और एक दूरी के बाद वह शान्त हो जाता है। समुद्र के मध्य की तरह। सिर्फ हौले-हौले लहरें चलती हैं, झूले की तरह नाव को झुलाती। मगर इसका क्या कि प्रेम के उफान का स्वाद ले लेने के बाद प्रेमियों के दिलों में उसी की कामना घर कर जाती है और समुद्री मध्य की शान्ति उन्हें बेचैन करने लगती है।

बहरहाल अनु और मनु के साथ ठीक ऐसा नहीं हुआ था। दोनों ने उफान भरी नदी को पार कर लिया था और अब वे शान्त नदी में पहुँचकर भी बेचैन नहीं दिखते थे। मुझे लगता था कि उन पर अदृश्य ताकतों की मेहरबानी थी कि वे तीन साल से एक दूसरे के प्रेम में डूबे हुए थे। हालाँकि ये बहुत लम्बा वक्फा नहीं है, मगर जिस तरह के प्यार की मैं बात कर रहा हूँ, वैसे प्यार का इतना लम्बा चल जाना कुछ अजीब लगता था। मैं कई प्रेमियों को जानता था, जो उफानवाले हिस्से में ही डूब गए। कुछ ने वहाँ से निकलकर तुरत-फुरत शादी की और इसके साथ ही उनकी

ज़िन्दगी से प्रेम चलता बना। कुछ के बच्चे होने के बाद सब बदल गया। बच्चा दोनों में दरार तो नहीं बना मगर उनके बीच में करार जरूर बन गया। अब वे प्रेम के साथ नहीं बच्चों के साथ रहते थे।

अब जरा अनु और मनु के बारे में बताऊँ। दोनों मेरे किराएदार हैं। मकानमालिकों और किराएदारों में ज्यादातर औपचारिक सम्बन्ध ही रहते हैं, मगर हमारे बीच ऐसा न था। दिल्ली में मेरा पुश्तैनी मकान था, जिसमें पहले माले पर ही बारह कमरे थे। सभी किराए पर उठे हुए थे। दूसरे माले पर मैं अपने परिवार के साथ खुद रहता था। इस माले पर भी कुछ कमरे थे। मुझे अपनी प्राइवेट लाइफ में लोगों का दखल नामंजूर था, मगर बीवी शादी के बीस साल बाद अब दुनियादार हो गयी थी और किराएदारों से किराया वसूलते-वसूलते व्यावसायिक भी। उसे मेरे चित्रकारी और लेखन के पेशे पर भी भरोसा नहीं था। मेरे न चाहने पर भी उसने ऊपरी माले के कमरे किराए पर उठा दिए थे।

अनु और मनु लगभग एक साथ ही मेरी शरण आए थे। अनु यानी अनुराग और मनु का तो असली नाम ही मनु था। मनु सहारनपुर से आई थी और अनु इलाहाबाद से। अनु थोड़ा अन्तर्मुखी था और मनु बहिर्मुखी। बात करते हुए थकती न थी मनु। तीन साल पहले मनु इक्कीस की रही होगी, जबकि अनु उससे दो साल बड़ा था। उनकी मुझसे नजदीकी बढ़ने की एक वजह तो ये थी कि उन्हें मेरा पेशा पसन्द था। अनु हालाँकि इसलिए भी मेरे पास चला आता था कि उसे पीने का साथ मिल जाता। मैंने दो कमरे अपने काम के लिए अलग रखे हुए थे। एक मेरी चित्रकारी का कारखाना था और दूसरे में मैंने आराम करने के लिए सोफे और चारपाई डाली हुई थी। कई बार मेरे हमपेशा मित्र भी चले आते थे तो इसी कमरे में हमारी बैठक जमती। मैं नहीं जानता था कि कभी अनु इस कमरे का उपयोग अपनी प्रेमपिपासा मिटाने के लिए भी करेगा। मुझे हालाँकि उसके ऐसा करने से कोई गुरेज नहीं हुआ। मनु को कोई गुरेज नहीं तो मुझे क्यों।

मनु को मैं पहली बार देखते ही समझ गया था कि उसकी खूबसूरती हमारे किराएदार लड़कों पर बिजली बनकर गिरेगी। वह हिरणनयनी थी। लोचदार गर्दन। जरा-सा भी हँसती तो उसके गालों के बीचों बीच डिम्पल बन जाते। अनु एक बार साथ पीते हुए बोल पड़ा था—बलराज साहब, इन डिम्पलों ने ही तो लूट लिया मुझे।

पहले मनु के बाल लम्बे थे और वह चोटी बनाती थी। बाद में उसने बाल छोटे करवा लिए। मैं जानता था उसने ऐसा अनु के कहने पर ही किया था क्योंकि उसी को कटे बाल ज्यादा खूबसूरत लगते थे। उफानी प्रेमावधि में एक-दूसरे को इम्प्रेस करने के लिए प्रेमी बहुत छोटी-छोटी चीजों पर भी ध्यान देते हैं। मनु के

कहने पर ही अनु ने जूते पहनना शुरू किया, नहीं तो उसके पैरों में हमेशा सैंडल ही रहता था। इलाहाबाद के होस्टल में रहते हुए उसने कुछ दूसरी बुरी आदतें भी सीख ली थीं। वह तम्बाकू खाता था। पर मनु के टोकने पर उसने तम्बाकू से तौबा कर ली। मनु की सुन्दरता के सामने अनु का व्यक्तित्व थोड़ा कमतर था—उसमें मुझे शारीरिक आकर्षण न दिखता था। वह ज्यादा बौद्धिक था, एक किस्म का फक्कड़पन लिए हुए। वह आदर्शवादी भी था और दूसरों की ज्यादा परवाह नहीं करता था। जैसा कि इलाहाबाद के होस्टलों में रहनेवाले ज्यादातर लड़कों के साथ होता है, वह जनवाद की ओर झुका हुआ था। पूँजीवाद के खिलाफ वह धाराप्रवाह बोल सकता था। मनु उसकी वैचारिक और व्यावहारिक सादगी पर फिदा हुई। दूसरे किराएदार लड़के जहाँ मनु पर आँखें गड़ाए रहते थे, अनु ने पहले दो-तीन महीने उसकी ओर ठीक से देखा तक नहीं। अलबत्ता उनकी एक-दूसरे से पहली बार बातचीत मेरे ही कमरे में हुई। मनु वहाँ मेरी पेंटिंग्स देखने आई हुई थी, जब अनु पीने के चक्कर में चला आया। दोनों को एक-दूसरे के प्रति अजनबी रवैया अपनाता देख मैंने ही मनु से कहा—ये अनु है, अनुराग। ये भी यहीं किराए पर रहता है। पी-एच.डी. कर रहा है। मनु ने तब उसकी ओर देखकर हैलो कहा और अपना परिचय दिया। मगर अनु ने उससे ज्यादा बात नहीं की। मनु दिखने में उच्च और कुलीन दिखती थी। इस वर्ग के प्रति अनु का ऐसा उदासीन व्यवहार अपेक्षित भी था। वह कुछ देर में आता हूँ की घोषणा कर चला गया। मैंने तब भी मनु को थोड़ा हैरान होते देखा था। बला की सुन्दर लड़की के लिए ऐसी हैरानी जाहिर भी थी। उसे दूसरों की आँखों में अपने प्रति खिंचाव देखने की आदत हो चुकी थी। जहाँ वह और लड़कों की नजरों से बचने की कोशिश में उन्हें अनदेखा करती थी, एक ये था कि उसे ही अनदेखा कर चलता बना था।

'ये ऐसा ही है' मैंने मनु की हैरानी का जवाब दिया। वह मेरी ओर देखकर मुस्कराई। उसकी मुस्कान में चुनौती की चमक थी—देखती हूँ कब तक करता है मुझे अनदेखा।

और सचमुच जल्दी ही मुझे अनु में बदलाव दिखने लगे। महीने भर में ही एक और मौका आया जब दोनों एक साथ मेरे कमरे में मौजूद थे। मैं उनकी नजरों को देखकर ही समझ गया था कि इनके बीच एक रिश्ता जन्म ले चुका है। कोई कितना ही शातिर हो, नजर की भाषा को नहीं छिपा सकता। ये दोनों तो मुझे निपट नौसिखिया लगे। दोनों मेरी बहुत इज्जत करते थे और कम से कम मेरे सामने तो जाहिर नहीं होने देना चाहते थे कि उनके बीच कोई सेतु बहुत तेजी से निर्माणाधीन है।

मगर इसका क्या कि उनकी आँखों की शरारत छिपाए नहीं छिप रही थी। मेरे

सामने भोले बने रहने की पुरजोर कोशिश के बावजूद वे खुद को एक-दूसरे से बातचीत करने से नहीं रोक पा रहे थे। मैं अपनी एक पेंटिंग को अन्तिम रूप दे रहा था। अनु पहले आया था मेरे पास। मैंने उसे बैठने को कहा। मनु बाद में आई। मेरे लिए खीर बनाकर लाई थी। मैंने उसे भी बैठने का इशारा किया। दोनों बैठकर मेरे काम को देख रहे थे। वे मुझे डिस्टर्ब नहीं करना चाहते थे इसलिए मुझसे बात नहीं कर रहे थे। मगर कुछ देर में ही मैं उनकी फुसफुसाहट सुन रहा था। वे आपस में बात करने लगे थे। उनके और मेरे बीच फासला इतना कम था कि मुझे उनकी फुसफुसाहट भी सुनाई पड़ रही थी।

अनु—सुबह जल्दी निकल गई कॉलेज।

मनु—मैसेज तो किया था रात में कि जल्दी जाना है। बस स्टॉप पर दस मिनट रुकी रही, पर तुम्हारा पता ही नहीं था। दो बसें भी छोड़ी मैंने।

अनु—टाइम तो नहीं बताया था तुमने।

मनु—तुमने पूछा क्यों नहीं अगर डाउट था तो?

अनु—चलो छोड़ो, मान ली अपनी गलती। डिब्बे में क्या है?

मनु—खीर बनाई है आज—बलराज जी के लिए ले आई थोड़ी सी।

अनु—और मेरे लिए?

मनु—तुम्हें मीठा कहाँ पसन्द है? कड़वा ज्यादा अच्छा लगता है।

अनु—तुम्हारे हाथ का सब पसन्द है। आऊँ तुम्हारे कमरे में?

मनु—खीर खाने?

अनु—और भी कुछ मिलेगा तो खा लूँगा। बहुत भूख लगने लगी है आजकल।

मनु—उफ्फ, पागल!

अनु—ज्यादा नहीं, थोड़ा-सा।

मैं पेंटिंग पर झुका हुआ भी देख रहा था कि बातें करते हुए अनु की आँखों से कैसी शरारत टपक रही थी। मुझे हैरानी इस बात पर थी कि कुछ ही दिनों में दोनों के बीच की 'संवादहीनता' किस तरह 'सबकुछ कह देने' की बेचैनी में बदल गई थी। मुझे अनु का जवाब सुनाई दिया—थोड़े से तुम्हारा पेट भरता है क्या?

मनु के जवाब के बाद कुछ देर खामोशी बनी रही। पर उनकी आँखें बात कर रही थीं, जो मुझे सुनाई पड़ रही थीं। अनु आँखों से जिद कर रहा था और मनु आँखों से इनकार कर रही थी। आखिरकार मैं पीछे मुड़ा। वे आँखों ही आँखों में ऐसा उलझे हुए थे कि उन्हें मेरा मुड़ना भी नहीं दिखा।

कैसी बनी है—मैंने आवाज से उन्हें डिस्टर्ब किया। दोनों ने चौंक के साथ अपनी उलझी हुई नजरें अलग कीं और पेंटिंग की तरफ़ मुखातिब हुए।

बहुत अच्छी है—दोनों लगभग एक साथ बोले। मैं मुस्कराया। उनके चेहरों

पर झेंप थी। पकड़े जाने की झेंप। पर अनु मनु को झेंप से निकालना चाहता था। वह उठकर पेंटिंग को नजदीक से देखने लगा और ज्यादा देखे बिना ही बोला—बलराज जी आपकी रंगों पर गहरी पकड़ है। ये वाला हरा पेड़ हरे से भी हरा है। उसने हरे रंग पर उंगली रखी।

ये लड़कियों के दुपट्टे का हरा रंग है। पेड़ उसके सामने क्या चीज है—मैंने कहा। मैं खुद उन्हें जल्दी अपनी-अपनी झेंप से बाहर निकालना चाहता था। इसमें मेरा स्वार्थ भी था। ताजा पूरी की हुई पेंटिंग पर मुझे दो समझदार युवाओं की प्रतिक्रिया चाहिए थी।

अरे रे छुओ मत ना उसे। अभी रंग गीले हैं—मनु ने अनु को टोका और खुद भी उठकर कैनवस के करीब पहुँच गई। उसने अनु के हाथ को बेहिचक पकड़ कर पीछे खींचा था। मैं फिर मुस्कराया। छूने का कोई मौका न छोड़ना प्रेम के उफानवाले हिस्से में सफर का बुनियादी लक्षण था।

मनु खीर देकर चली गई। जाते हुए उसने मुझसे विदा ली। अनु से कुछ नहीं बोली। सिर्फ उसकी ओर देखकर मुस्करा भर दी। अनु उससे नजर से ही कुछ पूछ लेना चाहता था, पर मेरी नजर उस पर थी, सो वह मुस्कराने से ज्यादा कुछ न कर सका।

मेरा यह नियम बन गया था कि पेंटिंग पूरी करने के बाद मैं अपनी कामयाबी का उत्सव मनाता था। अक्सर पेंटिंग को सामने रख मैं अपने मित्रों के साथ जलसा मनाता। उस दिन मैंने अनु को अपने पास ही रोक लिया। यहीं खा-पीकर जाओ—मैंने उसे कहा। हालाँकि कहते हुए अचानक मुझे खयाल आया कि कहीं मैं इसकी 'भूख' के आड़े तो नहीं आ रहा। अनु अब गाहे बगाहे मेरे साथ बैठकर पीने लगा था। वह बैठा तो मेरे साथ था, पर मैं देख रहा था कि उसका ध्यान कहीं और है। बार-बार उसके मोबाइल पर मैसेज आ रहे थे। मुझे डिस्टर्ब न हो इसके लिए उसने एसएमएस टोन धीमी कर ली थी। उसके पीने में भी आतुरता झलक रही थी। उसके लिए मुझे दूसरा पैग जल्दी बनाना पड़ा।

क्या बात है, लगता है कोई तुम्हें बार-बार मैसेज भेजकर परेशान कर रहा है, मैंने उससे आखिरकार पूछ ही लिया। ऐसे ही कोई दोस्त है—उसने बहाना बनाया। मैंने उठकर ग्रामोफोन पर मिर्जा गालिब की ग़ज़ल लगा दी। दिले नादां तुझे हुआ क्या है, आखिर इस दर्द की दवा क्या है। ग्रामोफोन पर संगीत सुनना मेरा एक और शौक था और मैं अक्सर पीते हुए धीमी आवाज में कोई संगीत लगा देता था।

बलराज जी आपने कभी इश्क किया है—अचानक उसने मुझसे पूछा। थोड़ा अटपटा सवाल था। मैं अनु के सामने अभी इतना खुला न था और उससे ऐसे सवाल की अपेक्षा नहीं कर रहा था। हाँ, किया है, मुझे चित्रकारी से इश्क़ है—मैंने उसे

चलताऊ जवाब दिया। उसकी बेचैनी कम न हुई। गालिब ऐसी शायरी कैसे कर गया—उसने एक और सवाल दागा। फिर खुद ही बोला—इश्क में डूबे बिना ऐसा लिखना मुमकिन नहीं। मैंने हामी भरी। साथ में जोड़ा कि गालिब ने सिर्फ इश्क में डूबकर नहीं लिखा, वह दर्द में भी उतना ही डूबा। उसने कहा मगर यह जरूरी तो नहीं कि इश्क होगा तो दर्द भी होगा। मैंने कहा करोगे तो ही जानोगे। वह चुप हो गया। उस चुप्पी में उसने फिर मोबाइल पर मैसेज चैक किया। घड़ी में समय देखा। उसकी आँखों में बेचैनी थी। कहीं जाना है क्या, मैंने पूछा। नहीं, वह फिर चुप हो गया। मुझे लगा कि मैं ख्वामखाह रोके हुए हूँ। मैंने उसे दूसरे पैग के बाद मय भूख जाने दिया।

अनु की भूख खत्म नहीं हो रही थी। ऐसा मुझे अपनी पत्नी की बातों से लगा। ये जो लड़की है न मनु, मुझे इसका करेक्टर ठीक नहीं लगता—एक दिन उसने शिकायत की। फिर उसने रस लेकर बताया कि किराए पर रहनेवाली अन्य लड़कियों ने बताया कि वह रात-बेरात अनु के कमरे में रहती है और अनु भी उसके कमरे में जाता है। एक लड़की ने कुछ दिन पहले उसे सुबह के चार बजे उसके कमरे से निकलते देखा। सुबह साथ ही घर से निकलते हैं और थोड़ी दूर जाकर हाथ पकड़ लेते हैं। मैंने कहा जब तक खुद अपनी आँख से न देखो दूसरों की बातों पर यकीन न करो। सीधे करेक्टर तक न पहुँचो।

मैंने कह तो दिया पर जानता मैं भी था कि ऐसा ही हो रहा था। वे उफानवाली नदी में उतर चुके थे। और फिलहाल उन्हें किसी की परवाह न थी।

प्रेम जब परवान चढ़ता है, तो वक़्त अपनी अहमियत खो देता है। और इस प्रेम में जब जिस्म भी शामिल हो जाए, तो नशा और गहरा हो जाता है। अनु और मनु प्रेम की बेल से लिपट गए थे और अब ऊर्ध्वाधर गतिमान थे, यह जानने के लिए मुझे उनकी जासूसी नहीं करनी पड़ी। पहले महीने में मैंने जिस तरह उनकी नजरों को एक-दूसरे से उलझे देखा था, मुझे उनके जिस्म भी उसी रूप में दिखे। अपने अनुभवों से मैं जानता था कि उफानी प्रेम को जोखिम लेने में मजा आता है, पर यह न जानता था कि वे दोनों मुझसे भी बेपरवाह हो जाएँगे।

दिल्ली में दिसम्बर में कड़ाके की ठंड पड़ने लगती है और अक्सर नये साल की पूर्वसंध्या तक यह अपने चरम को छू लेती है। उस रोज मुझे अपने किसी मित्र के घर जाना था। निकल रहा था तो अनु सामने पड़ गया। कुछ झिझकते हुए उसने कहा कि उसके कुछ दोस्त आ रहे हैं, उसका कमरा छोटा है, तो क्या वह मेरे अड्डे पर उन्हें कुछ देर के लिए एंटरटेन कर सकता है। मैं थोड़ा झिझका। वह मेरी कार्यशाला थी। आज तक मेरी अनुपस्थिति में मेरे अपने घरवाले भी वहाँ नहीं गये थे। पर मैंने उसे इस हिदायत के साथ चाबी दे दी कि वह मेरे स्टूडियो में किसी को

नहीं जाने देगा। घंटे में लौटने की बात कह मैं चार घंटे बाद लौटा। ज्यादा पी गया था। मैं भूल ही गया कि मैंने चाबी अनु को दी है। मेरे दिमाग में एक विचार चित्र का रूप ले रहा था और मैं उसे तुरन्त कैनवास पर उतार देना चाहता था। घर लौटकर मैंने दूसरी चाबी उठाई और बेधड़क दरवाजा खोल अन्दर घुसा। वे सोफे पर अन्तिम साँसें ले रहे थे। मनु के मुँह से चीख निकलने को हुई। गनीमत ये थी कि कमरे में लाइट न थी। जिस खिड़की को मैं हमेशा बन्द रखता था, वह खुली हुई थी और बाहर से धुँधलका कमरे के भीतर चीजों के आकार को उद्घाटित करने के लिए पर्याप्त था। मैं दोनों के जिस्मों के आकार देख रहा था। मुझे स्थिति को समझने में चन्द क्षण लगे लेकिन जैसे ही बात समझ आई मैंने दरवाजा बन्द किया और लौट गया। मैं थोड़ा सन्न था। पर उस वक़्त उससे ज्यादा मुझे इस बात का अफसोस हुआ कि मैं अपने विचार को मूर्त रूप नहीं दे पाया था।

बावजूद इसके कि रात करवटें बदलते हुए मैं भरसक कोशिश करता रहा कि वह विचार मेरी स्मृति में बना रहे, मैं अपने अनुभवों से जानता था कि सुबह तक वह हवा में विलीन हो चुका होगा। मुझे विचार खो देने का गुस्सा था।

अगले दिन अनु स्कूल के बच्चे की तरह मेरे सामने आया। गर्दन झुकाए।

बलराज जी गलती हो गई...वो...उसने कुछ तो बोलने की कोशिश की, पर उसे शब्द न सूझे। मैंने उसके बढ़े हुए हाथ से चाबी ले ली।

जानता हूँ, तुमने बताना था ना कि कई दोस्तों का मतलब एक दोस्त है। मैं आता ही नहीं—मैंने धीमे से कहा।

सर वो...

सर?

सॉरी बलराज जी। हम आपकी चित्रकारी देखने गए थे। पता नहीं कैसे हो गया—उसने सफाई दी। बाद में मुझे मालूम चला कि उस रात अनु के दोस्त उसके कमरे में रुके हुए थे।

मुझे सर के सम्बोधन से नफरत थी। इसी के चलते मेरे सारे किराएदार मुझे मेरे नाम से ही पुकारते थे। मैंने उन्हें कोई विकल्प नहीं दिया था। कोई सर बोलता, तो तुरंत टोक देता—बलराज बोलो जी। युवा मेरा नाम लेते थे, तो मैं खुद को भी युवा समझता। यह खुद को धोखा देना था, मगर बुरा न था। मैं अनु से मुखातिब था।

कितनी गहराई है इस रिश्ते में?

मनु के बिना नहीं जी सकता, वह बुदबुदाया।

उसके माता-पिता जानते हैं?

नहीं

और तुम्हारे?

नहीं

फिर?

बता देंगे जल्दी ही—कहते हुए उसकी गर्दन में अकड़ आ गई। अब वह गर्दन उठाए हुए था।

भोली लड़की है, धोखा मत देना—मैं बोलना चाहते हुए भी चुप रह गया।

उस घटना के कई दिनों तक मनु सीधे-सीधे मेरे सामने नहीं आई। मैं उसकी जायकेदार खीर से महरूम रहा। एक दिन मैंने ही उसे मैसेज किया—न्यू पेंटिंग वेटिंग फॉर यू। वह शाम ढले आई।

मैंने जॉब के लिए अप्लाई किया है—उसने मिलते ही कहा। ऐसे कि जैसे कहना चाह रही हो कि वह नया जीवन शुरू कर रही है और अब पुराने जीवन की कारस्तानियों पर बात करने का कोई अर्थ नहीं। उसके चेहरे पर मासूमियत ने मुझे उकसाया या मेरे भीतर अभिभावक का अहसास उभर आया कि सीधे पूछ लिया—प्यार करती हो अनु से? वह तैयार न थी ऐसे सवाल के लिए। वह 'पता नहीं' बोलकर पेंटिंग की ओर बढ़ गई। मैंने ज्यादा नहीं कुरेदा। वह एक एब्सट्रेक्ट पेंटिंग थी, जिसमें आकृति के नाम पर एक लड़की का चेहरा बना हुआ था। उसकी आँखों में तूफान छिपा था। मैंने आँखों की पुतलियों में समुद्र की उफान मारती लहरें उतार दी थीं। वह पेंटिंग देखकर मुस्कराई। तूफान का सामना करने को तैयार रहना—मैंने तपाक से कहा। वह फिर पेंटिंग की ओर मुड़ गयी।

दो साल गुजरे। मगर ऐसा कोई तूफान नहीं उठा। बल्कि नदी का उफान बहुत तेजी से कम होता गया। लोगों को उन्हें साथ देखने की आदत हो गई। दोनों सुबह साथ ही निकलते थे, पर अब हाथ नहीं पकड़ते थे। मनु को नौकरी मिल गयी थी। अब अनु भी कोशिश कर रहा था। दोनों आर्थिक रूप से अपने-अपने परिवारों से स्वतन्त्र हो जाना चाहते थे। अनु के जन्मदिन पर मनु ने उसे विदेशी गिटार लाकर दिया था। अनु मुझे दिखाने लाया था।

अब मैं किसी बैंड का हिस्सा भी बन सकता हूँ—वह खुश था। उत्साह में मुझे फिल्मी गीतों की धुनें सुनाता रहा। क्या मैं और मनु साथ एक ही कमरे में रह सकते हैं—उसने जाते-जाते पूछा। दूसरे माले पर दो कमरों का सेट था, जो कुछ दिनों पहले ही खाली हुआ था। मैं जान रहा था कि उसकी नजर उसी पर है। मैंने कहा मुझे कोई ऐतराज नहीं है। पर तुम्हें मेरी पत्नी से बात करनी होगी। यह उसका अधिकार क्षेत्र है।

देखो जी क्या जमाना आ गया है। वो इलाहाबाद वाला लड़का और वो लड़की बिना शादी के साथ रहना चाहते हैं। उन्हें इसकी भी परवाह नहीं कि लोग

क्या कहेंगे। दस हजार किराया देने को भी तैयार हैं। क्या करूँ? दो दिन बाद ही मेरी पत्नी पूछ रही थी।

पर इसकी हमें क्या चिन्ता करनी। सेट को खाली छोड़ने से तो हमारा ही नुकसान है—पत्नी ने खुद ही फैसला ले लिया।

उसी महीने दोनों अपने कमरे छोड़ दूसरे माले पर आ गये। उनके कमरे मेरे स्टूडियो से सटे हुए थे। स्टूडियो में काम करते हुए मुझे उनकी आवाजें तक सुनाई दे सकती थीं। अगर दरवाजे पर परदा हटा हो, तो आते-जाते वे मुझे काम करते हुए भी दिख जाते थे।

यहाँ आने के बाद उनका मेरे स्टूडियो में आना बढ़ गया। स्टूडियो उनके घर का जैसे तीसरा कमरा हो। मनु कुछ भी खास बनाती तो मेरे लिए ले आती। उसे मेरी ज्यादा चाय पीने की आदत का पता था। जाड़ों में छुट्टी के दिन तो वह दिन भर मुझे चाय-कॉफी पिलाती रहती। उसका एक-दो बार मेरे साथ बैठकर चाय पीना भी तय था। उधर अनु रात को एक बार जरूर झाँक लेता। ज्यादातर उसका झाँकना साथ बैठकर पीने में बदल जाता।

तो इस तरह मैं लिव इन पार्टनर बन गये अनु-मनु का तीसरा पार्टनर बन गया था। ऐसी कोई बात न थी, जो वे मुझसे साझा न करते हों। उनके बीच मनमुटाव भी होते थे, पर मैं चुपचाप दर्शक ही बना रहता। साथ रहने पर झगड़े होना स्वाभाविक है। उन्होंने विवाह नहीं किया था, मगर वे रहते पति-पत्नी की तरह ही थे। कुछ झगड़े वे स्वयं भी निपटा लेते थे। अनु को ज्यादा दिक्कत होती थी। वह मेरे साथ पीते हुए छोटी-छोटी बातें भी मुझे बता देता।

मनु बहुत ज्यादा खर्चीली हो गयी है। कुछ भी खरीद के ले आती है। पैसा होने का ये मतलब तो नहीं कि उसे बर्बाद किया जाए। पाँच हजार का डिनर सेट ले आई। अब बताइए घर पर कोई आता तो है नहीं। मैंने पूछा क्यों खरीदा, तो कहती है कि उसे शौक है अच्छे बर्तन रखने का। अब डाइनिंग टेबल की जिद कर रही है। मैं मना कर रहा हूँ पर आप देखना किसी दिन उठा लाएगी। इसके माँ-बाप ने मुँह लगाया हुआ है इसे। नौकरी करने लगी है, पगार अच्छी है, पर अब भी जब तब पैसे भेज देते हैं—अनु के पास शिकायतों की कमी न थी। उसे इस बात पर भी गुस्सा आने लगा था कि मनु ऑफिस में ज्यादा वक़्त गुजारती है और देर से घर लौटती है। मैंने उसे समझाया—तुम स्त्रियों को नहीं जानते। थोड़ा वक़्त लगेगा जानने में। अगर मनु को प्यार करते हो, तो उसकी उन चीजों में तुम्हें आनन्द आना चाहिए जो उसे आनन्द देती हैं। ऐसा नहीं, तो समझो कि तुम्हारे प्रेम में कोई कमी है।

प्यार तो मैं बहुत करता हूँ, मगर उसे भी तो समझना चाहिए कि मुझे क्या

पसन्द है क्या नापसन्द। अनु का जवाब सिर्फ जवाब था, मैं इसे समझ रहा था। मैंने ज्यादा कुछ नहीं कहा। सोचा मनु से बात करूँगा।

मुझे ऑफिस में बैठने का शौक नहीं। लेकिन कुछ कम्पल्शंस तो होते हैं ना नौकरी के। मैं अपनी ओर से पूरी कोशिश करती हूँ घर जल्दी आने की। और पैसा कमा रही हूँ, तो खर्च भी तो करूँगी। इसकी चले तो सारे पैसे बैंक में जमा कर दे। कपड़े देखो कैसे पहनता है? तीन साल से वही चार जोड़ा पैंट शर्ट हैं। रंग उतर गया कमीज का, मगर नई नहीं लेनी। होस्टल से ही कुछ बर्तन उठाकर लाया था। खाना उन्हीं में बनना चाहिए। क्यों? इसे भी अपनी कुछ आदतें बदलनी चाहिए ना? मनु के पास भी अपने तर्क थे।

तुम अनु को प्यार करती हो ना? तो थोड़ा बहुत उसकी पसन्द के लिए समझौते कर लो, जिसमें उसे आनन्द आता है, उसमें तुम्हें भी आनन्द आना चाहिए, तभी तो प्यार प्यार कहलाएगा—मैंने मनु से भी वही कहा, जो अनु से कहा था। वह कुछ सोच में पड़ गयी।

मैं सब उसकी भलाई के लिए ही करती हूँ। उसे खुश करने के लिए। कुछ देर की चुप्पी के बाद वह बोली। उसकी आँखें डबडबा आईं।

वह समझता नहीं। अपनी आदतों को वह उसूलों की तरह मानता है। पर पुराने कपड़े पहनना, पुराने बर्तनों में खाना, बिना ए.सी. के गरमी में रहना, इन्हें क्या आप उसूल कहेंगे। पर आप चिन्ता न करें। धीरे-धीरे हम एडजस्ट कर लेंगे।

मैं जानता था कि गृहस्थी के मामले में स्त्रियाँ ज्यादा एडजस्ट करती हैं। हमारे समय में तो यही होता था। पर मनु एकदम नई पीढ़ी की थी। वह कह तो रही थी कि धीरे-धीरे एडजस्ट कर लेगी, लेकिन आर्थिक स्वतन्त्रता उसे कितना एडजस्ट करने देगी, यह देखना बाकी था। एडजस्ट तो आदमी मजबूरी में करता है। उसके सामने अजब-सी चुनौती थी।

मैं जान रहा था कि अनु-मनु के बीच ये मनमुटाव बहुत स्थूल किस्म के थे, जो साथ रहने में हो ही जाते हैं। उनके बीच अब भी प्रेम बना हुआ था। मैं सिर्फ इतना भर कौतुक करता था कि दोनों ने अब तक अपने परिवारों को बताया या नहीं।

एक दिन एक और घटना घटी। मनु ने अपने किसी प्रोजेक्ट के पूरा होने पर ऑफिस के कुछ साथियों को घर पर दावत दी। दावत में उसने शराब और लजीज खाने की खास व्यवस्था की थी। उन अपरिचित नौजवानों के बीच मेरा जाने का मन न था, मगर मनु अपने साथियों को मेरा स्टूडियो दिखाने ले आई और लौटते हुए खींचकर ले गयी।

मैंने पहली बार उनकी गृहस्थी में प्रवेश किया था। उनके घर का भीतर मेरी अपेक्षा से बेहतर था। चीजें बहुत सुव्यवस्थित थीं और उनकी क्वॉलिटी भी अच्छी

थी। मगर अनु मुझे नहीं दिखा। मैंने मनु से इशारे में पूछा। उसने भी इशारे में बताया कि अन्दर के कमरे में है। मैं अन्दर के कमरे में चला गया। अनु वहाँ शीशे के सामने टाई बाँध रहा था। मुझे देख वह पहले कुछ झेंपा। फिर उसने पूछ ही लिया—इसे कैसे बाँधते हैं। मैंने उसे टाई बाँधकर दी। उसे बहुत आसान लगा। मैंने कहा अब खोलकर खुद बाँधो। उसने एक बार में ही बाँध ली और खुश हुआ।

टाई से हमेशा नफरत रही। वहाँ इलाहाबाद में कोई लड़का पहनता, तो हम उसकी हँसी उड़ाते। कभी सोचा ही नहीं कि मुझे भी किसी दिन इसे पहनना पड़ सकता है—उसने सफाई दी। मैंने कहा कि इतनी बड़ी चीज नहीं कि इतना सोचा जाए इस पर। उसने स्वीकृति में गर्दन हिलाई।

मनु के साथी बहुत मिलनसार थे। वे कुल चार लड़कियाँ और दो लड़के थे। लड़कियाँ मनु की ही उम्र की थीं। लड़के कुछ बड़े थे। शायद मनु के सीनियर थे। लड़कियाँ बात-बात पर हँस रही थीं और हँसते हुए खुद ही सबको ड्रिंक्स सर्व कर रही थीं।

आप क्या लेंगे सर—एक मेरे और अनु के सामने मुस्कराते हुए खड़ी हो गयी। मैं थोड़ा सकपकाया। अनु मुझसे भी ज्यादा।

कुछ भी—अनु ने जब कुछ नहीं कहा तो मैंने कहा।

रम, व्हिस्की, स्कॉच—लड़की ने फिर पूछा।

हम स्कॉच पिएँगे—मैंने अनु के कंधे पर हाथ डालते हुए कहा। वह टाई पहनकर अटपटा महसूस कर रहा था। मैं उसे सामान्य करना चाहता था। जो काम वह लड़की कर रही थी, वह अनु को करना चाहिए था। मगर मैं जानता था कि उसे इस बात का जरा भी अहसास न था। वह अपनी नई ड्रेस को लेकर भी बहुत सचेत था। हम दोनों ही लगभग मेहमानों की तरह बैठे रहे। लड़कियों ने किचन और बार दोनों सँभाल रखा था। हम चार मर्द एक मेज के चारों ओर बैठे थे और सिवाय एक-दो बार रिलीव होने के कोई वहाँ से नहीं उठा। मनु ने अनु से गिटार पर कोई फिल्मी धुन बजाने की पेशकश करते हुए भी खुद अन्दर के कमरे से लाकर गिटार उसके हाथ में थमाया। इस बार उसका बजाना मुझे पहले से बेहतर लगा। वह इस बीच नए बैंड के साथ कई कॉलेजों में परफॉर्मेंस दे चुका था। उसने तीन-चार गाने बजाए और भरपूर दाद लूटी। मुझे यह देखकर अच्छा लगा कि मनु उसे मन्त्रमुग्ध होकर सुन रही थी, ऐसे जैसे पहली बार सुन रही हो, जबकि वह अक्सर रात में रियाज किया करता था। शायद अपने ऑफिस के दोस्तों के बीच अनु का गिटार बजाना उसे फख्र से भर रहा था।

अनु सिर्फ गिटार बजाते हुए ही उस पार्टी में शामिल दिखा, अन्यथा उसने पीने के अलावा कुछ नहीं किया। जबकि मनु के ऑफिसवाले हर दूसरी बात पर

ठहाके लगा रहे थे।

साहब, शी इज ग्रेट मोटिवेटर, ऑफिस में अपना काम तो करती ही है, दूसरों के काम में हेल्प करने को भी हमेशा तैयार रहती है—मनु का एक सीनियर उसकी बात-बात पर तारीफ कर रहा था। वह जब भी मुँह खोलता, मैं प्रार्थना करता कि वह मनु की तारीफ न करे। मुझे अन्देशा था कि उसका मनु की तारीफ करना अनु को अच्छा नहीं लगेगा।

मैं पहली बार लड़कियों को पीते हुए देख रहा था। उनका पीना मर्दों के पीने से अलग था। वे पीकर किसी गम्भीर चर्चा में नहीं घुस गईं। वे पी रही थीं और खिलखिला रही थीं। जैसे-जैसे पैग बढ़ रहे थे, उनकी खिलखिलाहट बढ़ रही थी। ऑफिस की इन लड़कियों ने मनु के मना करने पर भी उसे वाइन का गिलास थमा दिया था। मनु ने अनु की ओर देखकर झिझकते हुए गिलास मुँह से लगाया। उसके पहला घूँट भरते ही सबने तालियाँ बजाकर मनु के 'वाइन क्लब' में शामिल होने का इस्तकबाल किया।

जो काम मैं दो साल में नहीं कर सका, इसके ऑफिसवालों ने एक मिनट में कर दिया—वह मेरे कान में फुसफुसाया।

तो तुम्हें उनका शुक्रिया अदा करना चाहिए—मैंने मुस्कराकर जवाब दिया।

मनु ने दावत में कोई कमी न रख छोड़ी थी। कुछ खाना बाहर से मँगाया गया था, तो कुछ डिशेज उसने खुद तैयार की थीं। वह सबके लिए मीठे पान भी बनवाकर लाई थी। इलाहाबाद का होते हुए भी अनु को पान से प्यार नहीं था और लड़कियों के मुँह में तो उसे वह और भी नागवार लगता। उसने और मैंने आधा-आधा पान खाया।

मनु की मेहनत कामयाब हुई क्योंकि सब बहुत प्रफुल्लित भाव के साथ विदा हुए। मैं पहले निकल जाना चाहता था, पर अनु ने मुझे रोके रखा। वह मनु के साथियों से पहली बार मिला था इसलिए उनके बीच घुलमिल नहीं पा रहा था। सहज बने रहने के लिए उसे मेरी जरूरत थी। तो जब वे मेहमानों को छोड़ने गए, मैं भी उनके साथ था। लौटकर आए तो अनु ने कुछ देर और बैठने को कहा। उसे सिगरेट पीनी थी। मैंने मनु की ओर देखा।

आज माफ है, पिला दो। एक नहीं दो-दो पिलाओ—वह मेरी सवालिया निगाह पढ़ते हुए बोली। वह खुश थी। वह सोफे पर पसर गई।

तुम्हारे ऑफिस में क्या ये लोग रोज टाई पहनकर आते हैं—अनु टाई उतारते हुए बोला।

पहने रहो न, तुम इतने जेंटलमैन लग रहे हो...मेरा क्यूटू पाई...मनु ने सोफे से ही उसकी ओर किस उछाला। वाइन मनु को बिन्दास बना रही थी।

मगर अनु ने हवा में किस नहीं लपका, जैसा कि उसे करना चाहिए था।

दोनों ने पी हुई थी और अब जरूर उनके भीतर बहुत कुछ उमड़-घुमड़ रहा होगा। मैंने सोचा और मुझे अपना वहाँ रुकना अटपटा लगा। मैंने आधी बची सिगरेट ऐश ट्रे के हवाले की।

एक आइडिया आया है—मैं कहता हुआ बाहर निकल गया। मैं जानता था कि आइडिया की बात पर वे मुझे रोक नहीं सकते थे। अनु-मनु ने रोका भी नहीं।

मैं अपने स्टूडियो आ गया। अब मैं बिना प्रयोजन के हाथ में ब्रश लिए कैनवस के आगे खड़ा था। मैं कैनवस के आगे खड़ा तो निष्प्रयोजन ही था, मगर मेरा ब्रश अपने आप चलने लगा। मैं फिर किसी लड़की का चेहरा बना रहा था। हवा में उड़ती जुल्फें, कजरारी आँखें, नाक में लौंग, कटार वक्ष और आँखों में रंगीन सुरंग। मैं इस सुरंग में घुस रहा था, जब मुझे अनु-मनु के कमरे से आवाजें सुनाई दीं। ये लोग इतनी जोर से बात करते हुए प्यार करते हैं क्या? अजीब लगा। कुछ ही देर में आवाजें बढ़ गईं। मुझे कुछ गड़बड़ का अन्देशा हुआ। मैं दीवार के करीब चला गया। वहाँ से आवाजें कुछ साफ सुनाई दे रही थीं मगर कौन क्या बोल रहा है, यह समझ न आता था। मैं स्टूडियो से बाहर निकल आया। वहाँ आवाजें कुछ ज्यादा साफ सुनाई दे रही थीं। निश्चय ही वे प्रेमासिक्त आवाजें नहीं थीं। उनमें आवेग था। लगता है किसी बात पर मनमुटाव हो गया। मैंने सोचा और वापस स्टूडियो में चला आया। मैं तस्वीर पर काम करने की कोशिश करता रहा, पर आवाजें मुझे परेशान कर कर रही थीं। और जब वे खत्म हुईं, तो बिल्कुल ही खत्म हो गईं। जिसे अँग्रेजी में पिन ड्रॉप साइलेंस कहते हैं, अब मुझे वैसी ही चुप्पी सुनाई दे रही थी। मैं पेंटिंग छोड़ खाट पर पसर गया। मुझे बहुत देर तक नींद नहीं आई। लेकिन जब तक नींद नहीं आई, दूसरी ओर से कोई आवाज भी मुझे नहीं सुनाई दी।

तीन सालों में मैं अनु और मनु को अच्छा-खासा जान चुका था। उनकी प्रेम नौका बहुत तेजी से नदी का उफान पार कर समन्दर की शान्त लहरों तक पहुँच गयी थी। अब उनके प्रेम का असली इम्तिहान शुरू होना था।

इन तीन सालों में मैंने अनु और मनु को कुछ इस तरह जाना था।

मनु

तीन साल पहले मनु एक ऐसी चिड़िया की तरह थी, जिसके हाल ही में पंख आए थे और वह उड़ने को बेताब थी। पर अब उसने उड़ान ले ली थी और इन दिनों वह पेड़ों, फूलों, नदी, झरनों को आँख में भर उड़ रही थी। उसकी आँखों में मुझे बेपनाह उत्साह दिखता था। उनमें बहुत सारे सपने भरे हुए थे। अनु आज भी उसके हर सपने का हिस्सा था। मैं समझता था कि किसी व्यक्ति के साथ रहने से उसके गुणों

की तुलना में उसके अवगुण ज्यादा दिखाई देते हैं। और एक वक्त के बाद जहाँ उसके गुण हमें प्रभावित करना बन्द कर देते हैं, उसके अवगुण हमें सालने लगते हैं। मगर मनु के मन में अनु के प्रति मैं आज भी वैसा ही प्यार देखता था, जैसा तीन साल पहले था। जाहिर है, अब वह बाहर से देखने में उतना भीषण नहीं रहा था, पर भीतर ही भीतर उसकी जड़ें और फैल गई थीं। अनु के लिए वह कुछ भी करने को तैयार रहती थी। साल भर पहले एक बार अनु को मलेरिया हो गया था। उसे तीन दिन अस्पताल में भर्ती होना पड़ा। तीनों दिन मनु ऑफिस नहीं गई। अस्पताल में ही सोई। वह घर आती थी और खाना बनाकर ले जाती थी। अनु के घर लौटने के बाद भी वह तब तक उसकी सेवा में लगी रही, जब तक कि वह पूरी तरह स्वस्थ नहीं हुआ। पिछले साल उसने कार खरीदी थी। अनु को वह पहले उसके कॉलेज छोड़ती और फिर दस किलोमीटर का चक्कर लगा अपने ऑफिस पहुँचती। घर पर सुबह शाम खाना वही बनाती थी। कई बार ऑफिस से लेट होती, तो खुद ही बाहर से खाना लेकर आती। अनु का वह बच्चे की तरह खयाल रखती थी। मुझे अनु के प्रति उसका समर्पण देख डर लगता था। आम घरों में गृहस्थी चलाने के लिए जो काम पुरुष करते हैं, वे सारे काम मनु खुद करती थी। कुछ महीने पहले ही वह अनु को लेकर केरल घूम कर आई थी। उसे एलटीए का पैसा मिला था। उसने मुझे उस टूर की तस्वीरें दिखाई थीं। उन तस्वीरों में भी मैंने गौर किया कि मनु अनु से ज्यादा खुश थी। कितनी ही तस्वीरें थीं, जिनमें दोनों एक साथ थे। वे किसी तीसरे व्यक्ति से खिंचवाई गई होंगी। हर तस्वीर मनु की मुस्कान से खिली हुई थी। कई जगह वह शरारती मुद्रा में दिखी—कहीं अनु के सिर के बालों में उंगलियाँ घुसाए, कहीं जीभ बाहर निकाल उसे चिढ़ाते हुए। एक तस्वीर में वह अनु की पीठ पर सवार थी। उसकी जुल्फें केरल की तटीय हवा में उड़ रही थीं। उस तस्वीर में मुझे उसकी आंखों से रोशनी फूटती दिखाई दी। इस दौरान मुझे एक और बात यह मालूम चली कि जब भी मनु के माता-पिता उससे मिलने आए, उसने उन्हें न घर बुलाया और न उन्हें अनु से मिलवाया। मुझे अनु ने ही बताया था कि मनु के माता-पिता उसके लिए अपनी ही जात-बिरादरी में लड़का देखने की बात कर रहे थे। मैंने खुद एक दिन मनु से इस बाबत पूछा था, मगर वह 'समय आने पर मैं उन्हें समझा दूँगी' कहते हुए इसे इस तरह टाल गई कि जैसे उसके लिए यह कोई समस्या ही न हो। मनु ने भविष्य को लेकर अपनी योजनाओं पर मेरे सामने कभी ज्यादा बात नहीं की। एक बार उसने इतना भर कहा था कि वह एक-दो साल में अपना घर खरीदने की कोशिश करेगी। अपना घर कहते हुए उसकी आँखों में उठी चमक को मैंने देख लिया था।

अनु

मनु की तुलना में अनु को पढ़ना थोड़ा मुश्किल काम है। मगर मुझे जितना समझ आया, उससे उसकी भीतरी दुनिया के बारे में थोड़ा अन्दाज तो लगाया ही जा सकता है। मनु के प्रति उसके बर्ताव में कुछ बदलाव सहज ही थे क्योंकि अब वह भी समन्दर में उतर चुकी प्रेम की नौका की मन्थर गति के प्रभाव में था। उसकी पी-एच. डी. पूरी होने को थी, हालांकि अभी थीसिस लिखने का काम बाकी था। मगर मैं देख रहा था कि थीसिस लिखने में उसकी दिलचस्पी नहीं थी। वह अपने बैंड को लेकर ज्यादा उत्साह में रहता था। बीच में उस पर फोटोग्राफी का जुनून भी सवार हुआ था। मनु ने ही उसे निकोन का एसएलआर कैमरा खरीद कर भेंट किया था। करने को तो उसने पेंटिंग में भी हाथ साफ करने की कोशिश की थी और मेरे तीन-चार कैनवास खराब कर डाले थे। मुझे यही लगा कि वह क्या करूँ की ऊहापोह में है। और धीरे-धीरे यह 'क्या करूँ' उस पर हावी होता गया था। इतना कि वह कई बार चिढ़चिढ़ा हो जाता। लेकिन क्या करूँ की ऊहापोह के बीच मुझे वह हमेशा लापरवाह ज्यादा लगा। इतना तय था कि उसका बुनियादी झुकाव कला की ओर था। मगर पच्चीस की उम्र पार करने के बाद भी अगर कोई तय न कर पाए कि कौन-सा कला क्षेत्र उसे लुभाता है, तो चीजों का असन्तुलित होना स्वाभाविक है। असल में यह असन्तुलन अब मनु के प्रति उसके प्रेम को भी असन्तुलित कर रहा था। मैंने गौर किया था कि मनु का नौकरी करना और गृहस्थी को चलाने में मुख्य भूमिका अदा करना अनु को असहज बना रहा है। शुरू में ऐसा नहीं था, क्योंकि तब प्रेम की नौका प्रेम की उफानवाली नदी में थी। मुझे इसका पहला आभास तब हुआ जब एक बार मैंने उसे बस स्टॉप पर खड़ा देखा। मेरे पूछने पर उसने बताया कि अनु को जल्दी निकलना था, सो उसे बस से जाना पड़ रहा है। तब भी मैंने उसकी आँखों में झेंप की झाई देख ली थी। एक बार वह मुझसे पैसे उधार माँगने आया। उसका बैंड दो-तीन शहरों में परफॉर्म करने जा रहा था। पैसे तो मैंने दे दिए पर मेरा माथा ठनका। मनु के पास पैसों की कमी न थी। उसने अगर मनु को कहा होता, तो वह उसे जरूरत से ज्यादा पैसा दे देती। बैंड के साथ टूर खत्म होने के बाद वह दिल्ली आने की बजाय इलाहाबाद चला गया। वहाँ कुछ दिनों तक उसका मोबाइल भी स्विच ऑफ पड़ा रहा। मनु मेरे पास आकर रोई थी। मैंने उसे कहा कि कलाकार थोड़े सनकी तो होते ही हैं। वह जब लौटकर आया, तो थोड़ा और भीरू हो गया। एक दिन साथ पीते हुए उसने झिझकते हुए मुझसे नौकरी की बाबत पूछा। मैंने उसे पहले पी-एच.डी. पूरी करने की नसीहत दी। मगर उसे तुरन्त नौकरी चाहिए थी। मैंने तर्क दिया कि मनु तो कर रही है। पैसों की ऐसी क्या जरूरत। वह चुप हो गया। अनु में एक और बदलाव यह आया कि अब वह आए

दिन बाहर रहने लगा था। कई बार वह जेएनयू के होस्टल में ही रह जाता। कभी बैंड का परफॉर्मेंस होता, तो वह रात को बैंड के किसी साथी के घर ही चला जाता। यह बहुत अटपटा नहीं था क्योंकि प्रेम की नाव जब समंदर के मंथर में प्रवेश करती है, तब प्रेमियों को थोड़ी बहुत तटस्थता की छूट दी जा सकती है। पच्चीस के बाद की उम्र नाम और पैसा कमाने की उम्र भी होती है। इसलिए अगर इन दो वजहों के चलते, किसी को अपनी प्रेमिका से दूर रहना पड़े, तो उससे प्रेम को कमतर नहीं आँका जा सकता। मैं खुद को समझाता रहता था।

अनु–मनु के प्रेम को लेकर मैं इसलिए भी निश्चिन्त था कि अगर वहाँ कोई दरार आ रही होती, तो दोनों मुझे जरूर बताते। पर अब तक किसी ने मुझे इसका कोई संकेत नहीं दिया था। फिर एक और घटना ऐसी घटी, जिसने मुझे उनके प्रेम को लेकर कुछ और आश्वस्त किया। एक दिन सुबह–सुबह मनु ने मुझे अपने साथ चलने को कहा।

चलो, मेरे पिताजी आए हैं मिलने। आपको उनसे मिलवाना है।

कहाँ?

कनाट प्लेस में।

उन्हें यहाँ क्यों नहीं बुलाया?

अनु को अच्छा नहीं लगता। वे मुझे शादी के लिए बोल रहे हैं।

किससे? अनु से? तो कर लो। बहुत लम्बी कोर्टशिप भी ठीक नहीं।

अनु से नहीं, उन्होंने कोई और लड़का देखा है। खुद आईएएस हैं, तो उन्हें आईएएस से क्रम कुछ दिखता नहीं।

मुझे समझ नहीं आया कि मनु मुझे क्यों मिला रही थी अपने पापा से।

तुमने उन्हें अनु के बारे में बता दिया? मैंने रास्ते में उससे पूछा।

नहीं, आज बताने जा रही हूँ।

मैं अपनी भूमिका को लेकर असमंजस में था। यह परिवार का भीतरी मामला था।

मनु के पिताजी मुझे आर्मी ऑफिसर जैसे लगे। सफेद मूँछ गालों पर उठी हुई थी। उनका कद छह फुट से कम क्या रहा होगा। मैं आशंकित था। मनु से अनु की बाबत सुन अगर वह भड़क गए तो?

मैं आशंकाओं के साथ रेस्तराँ में दाखिल हुआ। सुबह–सुबह वह पूरा खाली था। मनु के पिताजी को दूर से देख ही मैं पहचान गया। पिता और बेटी की शक्ल मिलती थी।

कहिए बलराज जी, कैसे हैं आप? वह हमें देखकर उठ गए। उन्होंने मेरी ओर हाथ बढ़ाया। मुझे उनके मुँह से अपना नाम सुन हैरत हुई। यह सोचकर थोड़ा

सुकून मिला कि मनु ने उन्हें मेरे बारे में बताया हुआ था।

हम लोग करीब घंटे भर तक वहाँ साथ रहे। मैं मनु को देखकर हैरान था। इससे पहले कि मनु के पापा उसे लड़के के बारे में कुछ बोलते मनु ने उन्हें अनु के बारे में बता दिया। मुझे ताज्जुब उसके पिता की प्रतिक्रिया पर हुआ। मेरी आशंका के विपरीत उन्होंने मनु को कुछ नहीं कहा। पिता-पुत्री के बीच असामान्य किस्म का खुलापन था। उन्होंने अनु को स्वीकार करने में ज्यादा देर नहीं लगाई। मगर उन्होंने मुझे जरूर कटघरे में खड़ा कर दिया।

देखो बलराज साहब, मैं जानता हूँ ये लड़की थोड़ी सनकी है। जो ठान लेती है, वह करके रहती है। इकलौती है न, इसलिए जिद्दी भी हो गयी है। घर छोड़कर यहाँ आ गयी, मगर हम कुछ नहीं कर सके। इससे बात करने का कोई फायदा नहीं। आप यहाँ उसके लोकल गार्जियन हो। लड़के को भी जानते हो। आप बेहतर जानते होगे। ये भोली भी है। नहीं समझती कि मामला पूरी जिन्दगी का है।

कैसा है वह लड़का? मनु के टॉयलेट जाते ही एकान्त पाकर उन्होंने मुझसे पूछा। उनका पूछना ऐसा था कि जैसे वह मेरा जवाब सुनकर ही अन्तिम फैसला लेने वाले हैं।

लड़का अच्छा है—मैंने संक्षिप्त जवाब दिया।

आप देख लेना जरा। आप तो जानते ही हैं कि इस उम्र में बच्चों को सही गलत का पता नहीं चलता। उन पर प्यार का भूत सवार रहता है। आप और हम जानते हैं कि ये प्यार-व्यार कुछ नहीं होता। पर मैंने बचपन से ही इसे बहुत आजादी दी है। अब अचानक मैं खुद को नहीं बदल सकता। इसकी माँ को मालूम चलेगा, तो वह अलग हाय तौबा मचाएगी। पर उसे मैं समझा दूँगा। बस आप जरा देख लीजिएगा। हम आपके फैसले को ही अन्तिम फैसला मानेंगे।

मैं देख रहा था कि मनु के पापा लगभग याचना कर रहे थे मेरे सामने। मुझे बहुत अजीब लगा। मैं थोड़ा डर भी गया था। बात ही बात में उन्होंने सारी जिम्मेदारी मेरे सर पर डाल दी थी।

मगर मनु के सामने उन्होंने मुझसे कोई बात नहीं की। उनसे विदा लेकर हम वापस लौटे तो रास्ते में मनु बहुत खुश लगी।

बहुत खुश लग रही हो—मैंने उससे पूछा।

हाँ, मैंने सोचा नहीं था कि यह सब इतनी आसानी से हो जाएगा। पापा के मुँह लगी हूँ। बचपन से उन्होंने मेरी हर बात मानी है, पर यह शादी का मामला था। मैं अन्दर से बहुत डरी हुई थी कि बाइ चान्स अगर उन्होंने मना कर दिया तो क्या होगा। मैं जानती हूँ कि माँ को मनाना उनके लिए आसान नहीं होगा। पर अब ये उनकी टेंशन है, मैं टेंशन फ्री—उसने कहा और खुशी के उत्साह में स्टीयरिंग से

हाथ हटा हवा में उठा लिए।

अरे रे रे, ये क्या कर रही हो। मरवाओगी क्या? अभी मैंने बहुत से कैनवास रंगने हैं। उम्र हो गई है, मगर ख्वाहिशें अभी बाकी हैं—मैंने उसका हाथ पकड़ उसे वापस स्टीयरिंग पर टिका दिया।

बलराज जी कुछ नहीं होगा! आपकी कुछ ही ख्वाहिशें बाकी हैं, अपनी तो सारी अधूरी पड़ी हैं—वापस स्टीयरिंग थामते हुए वह खिलखिलाई।

मनु के पिताजी से मिलने के बाद मैं साफ-साफ अपने सिर पर बोझ महसूस करने लगा था। मैं अनु से मिलने का मौका खोजता था कि उससे बात कर उसका मन लूँ कि आखिर उसकी क्या प्लानिंग है। पर इधर वह मेरे पास कम आ रहा था। इस बीच उसने अपने बैंड के अलावा कुछ और म्यूजिकल ग्रुप्स के लिए गिटार बजाना शुरू कर दिया था। एक महीना तो वह मुम्बई रहकर आया था। एक दिन वह मुझे दिन में मिल गया। वह गई रात देर से लौटा था और सुबह देर से उठा था। मनु ऑफिस जा चुकी थी। वह छत पर धूप खा रहा था। मैंने उसे कहा कि मेरा एक दोस्त खास जर्मनी की स्कॉच दे गया है, रात को वह स्टूडियो आ जाए। उसने हामी भरी। मगर मुझे वह अनमना लगा। साल भर पहले तक वह मेरे साथ पीने के बहाने खोजता था, अब क्या हुआ उसे। मैं उसे पीने का न्योता देने के बाद उधेड़बुन में रहा। बहुत देर सोचने के बाद मैं इस निष्कर्ष पर पहुँचा कि वह शायद इस बात से कतरा रहा है कि उसने मुझसे नौकरी के लिए मदद माँगी थी। मैं अपने अनुभवों से जानता था कि कुछ मर्दों में बहुत ज्यादा स्वाभिमान होता है। अनु उनमें एक था। युवावस्था में यह स्वाभिमान ज्यादा सक्रिय रहता है। किसी भी बात पर फन खोलकर फुँफकारने लगता है।

उस दिन मैं रात घिरने के साथ ही अनु का इन्तजार करने लगा था। मैं तनाव में था। और दबाव में भी। मनु के पिताजी तो सब कुछ मुझ पर छोड़ गए थे और मैंने उन्हें आश्वस्त भी कर दिया था। मैं एक बार अनु से खुलकर बात कर लेना चाहता था। जब रात के आठ बजे तक वह नहीं आया, तो बेताब होकर मैंने उसे फोन लगाया। उसने कहा वह दस मिनट में पहुँच रहा है। मगर वह बीस मिनट बाद पहुँचा। मैंने उसे दरवाजे पर देखकर चैन की साँस ली, वह पहुँचा तो सही।

उस रात मैंने साजिश ये की थी कि उसे बहुत सारी पिला दूँगा। बहुत सारी पीने के बाद वह बहुत सारी बात करेगा। मैं बातों ही बातों में उससे बहुत कुछ पूछ लूँगा। मेरे पास किसी दोस्त की दी हुई स्कॉच नहीं थी, बल्कि मैं खुद कनाट प्लेस में अपने अड्डे से स्कॉच लेकर आया था। मैं जानता था कि उसे कबाब भी बहुत पसन्द हैं। मैंने करीम से आधा किलो कबाब ले लिए। अपनी बीवी से खास निवेदन कर मैंने मूली-गाजर अलग कटवा ली थी। मैं आज सबसे पहले उसके परिवार के

बारे में जानना चाहता था। मुझे खुद हैरानी हो रही थी कि अब तक मुझे उसके परिवार के बारे में कुछ नहीं मालूम था। पर मैं इसे बहुत सहज रखना चाहता था।

वह आया तो उसके हावभाव देखकर मैं खुश हुआ, क्योंकि उसके हावभाव में मुझे खुशी दिख रही थी। वह गालिब की ग़ज़लों की सीडी भी साथ लाया था।

आज हम पीते हुए गालिब की गजलें सुनेंगे—उसने मेज पर सीडी रखते हुए कहा।

जरूर, आज की रात गालिब के नाम—मैंने तपाक से उसकी माँग का समर्थन किया और बिना समय बर्बाद किए मेज पर स्कॉच की बोतल और कबाब भरी प्लेट रख दी।

वह मुझे बहुत देर तक मुम्बई के बारे में बताता रहा कि किस तरह एक महीने में ही वह उस शहर से उकता गया। उसने उन दोस्तों के बारे में भी बताया, जो दो-तीन साल से वहाँ रह रहे थे, लेकिन अब भी उन्हें कोई ढंग का काम नहीं मिल पाया। मैंने उससे पूछा कि अगर तुम्हें अच्छा काम मिल जाता, तो क्या वहीं रह जाते? उसने ठीक से जवाब नहीं दिया। बोला, पता नहीं। मगर वहाँ रहना इतना आसान नहीं। काम मिलता, तो सोचता कुछ! पर अब मैं वहाँ नहीं जाऊँगा। एक म्यूजिक डायरेक्टर ने मुझे प्रॉमिस भी किया था कि वह अपने ग्रुप में मुझे मौका देगा, पर मुझे मालूम चला कि ऐसे प्रॉमिस वहाँ स्ट्रगलरों की दुनिया में सूखे हुए पत्तों की तरह उड़ते रहते हैं।

मैं अनु से उसके परिवार के बारे में जानना चाहता था।

दो छोटी बहनें हैं, जिनमें से एक इलाहाबाद यूनिवर्सिटी में ही पढ़ रही है। दूसरी की साल भर पहले ही वहीं हाई कोर्ट में नौकरी लग गई है। पिताजी पोस्ट मास्टर हैं। छह महीने बाद रिटायर हो जाएँगे। माँ दस साल पहले गुजर गयी। पिताजी से बनती नहीं। बहनें छोटी हैं, मगर बर्ताव दीदियों जैसा करती हैं। अपनी आँखों के सामने रखना चाहती हैं।

उसके परिवार के बारे में जानकर मुझे थोड़ा अजीब लगा। मैं सोच में पड़ गया था। पिता से नहीं बनती का क्या मतलब? तो क्या वह उनसे बगावत करके यहाँ आया है? मगर उसे बहनों से मिलने तो वहाँ जाते रहना चाहिए। मेरी याद में वह पिछले साल सिर्फ एक बार गया था वहाँ। मुझे चीजें उलझी हुई लगीं। पर मैं उसे उलझाना नहीं चाहता था। मैंने गालिब की सीडी लगा दी।

दिले नादाँ तुझे हुआ क्या है, आखिर इस दर्द की दवा क्या है—यह गजल चल रही थी जब मैंने उससे पूछा कि उसके दिल में अब भी दर्द उठता है क्या। उसने बहुत बेफिक्री से जवाब दिया—और भी गम हैं जमाने में मुहब्बत के सिवा। मुझे ठेस लगी। प्यार को लेकर वह ऐसा उखड़ा हुआ तो नहीं था पहले।

इस दर्द के बिना जीना भी कैसा जीना—मैंने उसे और टटोलने के इरादे से गिलास उठाते हुए उसकी ओर आँख दबाई। जवाब में उसके होंठों पर फीकी मुस्कान उभरी और चली गयी।

मैंने उससे पी-एच.डी. के बारे में पूछा तो उसने उसमें रुचि नहीं ली। बोला एक दिन तो हो ही जाएगी पूरी। मैंने उसे कहा कि पी-एच.डी. पूरी होगी तो मैं नौकरी की बात करूँगा। मैं वाकई ऐसा सोच भी रहा था। मेरे कई मित्र यूनिवर्सिटी में सीनियर प्रोफेसर थे। आजतक मैंने उनसे किसी तरह का कोई फेवर नहीं लिया था। कभी जरूरत ही नहीं पड़ी। पर अनु को सेटल करना मुझे अब अपनी जिम्मेदारी लगने लगी थी।

पैसों की तो कमी नहीं ना? मैंने थोड़ा झिझकते हुए पूछा। मैं मनु के पिता की तरह सोच रहा था, पिता जो लड़की को लड़के के हवाले करने से पहले उसके बारे में सब कुछ जान लेना चाहता था।

कम तो नहीं पड़ते, अब बैंड से भी पैसा मिलता है। खर्च निकल जाता है। पर...वह कहते कहते रुक गया। मैं उसके चेहरे की ओर ही देख रहा था।

कोई चिन्ता नहीं, पैसा भी आ जाएगा—उसने रुककर नि:श्वास भरते हुए कहा। मुझे लगा कि वह कुछ कहते-कहते रुक गया था। पर मैंने उसे ज्यादा नहीं कुरेदा।

अनु से उस रात लम्बी बातचीत के दौरान मुझे जो-जो बातें पता चलीं, वे बहुत उत्साहजनक तो न थीं। प्रेम की नौका समन्दर के मन्थर पर धीमी गति से चलती है, मगर गति का धीमा होना एक बात थी और प्रेम के सफर के प्रति उदासीन होना दूसरी। अनु उदासीन लगा। पूरी दुनिया के प्रति। यह खतरनाक था। मैं जान रहा था। पर मेरी अपनी सीमाएँ थीं।

मनु इस उदासीनता से अनभिज्ञ थी। वह अब भी पंख खोले उड़ रही थी।

एक दिन मैं स्टूडियो में अपनी पेंटिंग में मशगूल था कि अचानक वह धड़धड़ाती आई।

—बलराज जी, आप मेरे साथ चल सकते हैं। अभी!

मुझे लगा कोई इमरजेंसी है। मैं बिना कुछ पूछे उसके साथ चल दिया। थोड़ी देर बाद हम उपहारों की एक बड़ी दुकान में थे।

—अनु का जन्मदिन आ रहा है। उसे मेरे गिफ्ट्स पसन्द नहीं आते, इसलिए आपको लाई हूँ। आप ही बताओ न क्या-क्या पसन्द है उसे।

वह जल्दबाजी और उत्साह में बोल रही थी। मैं कुछ हैरान-सा था। इस काम के लिए मुझे बुला लाई? पर मुझे यह सोचकर अच्छा लगा कि उसने मुझ पर अपना अधिकार समझा। पर गिफ्ट को लेकर मैं भी असमंजस में था। मैं क्या बताऊँ? अनु

को गिटार चाहिए था, मनु पहले ही उसे गिफ्ट कर चुकी थी। कैमरा भी लाकर दे दिया था। फिर भी मैंने वे चीजें बतानी शुरू कीं, जिन्हें आम तौर पर पुरुष गिफ्ट के रूप में पाकर खुश होता है। परफ्यूम, कपड़े, जूते आदि। पर मनु को कुछ खास चाहिए था।

कई दुकानों में भटकने के बाद अचानक उसकी नजर कार के शो रूम पर पड़ी।

एक काम करते हैं। अनु को बसों में सफर करना पड़ता है, जबकि मैं कार में ऑफिस जाती हूँ। उसके लिए भी कार ले लेते हैं। वह सामने खड़ी एक चमचमाती कार देखते हुए बोली।

कार? मगर कार तो बहुत महँगी आती है!

तो क्या हुआ? किस्तों में भुगतान कर दूँगी ना। दो लाख तो जमा हैं मेरे पास पहले से। एक लाख पापा से मँगा लूँगी। आप बताना मत उसे।

नहीं बताऊँगा। मगर...

मगर वगर छोड़ो, बहुत बढ़िया आइडिया है। अनु खुश हो जाएगा। अब जल्दी करते हैं। ज्यादा सोचने से फैसले कमजोर पड़ जाते हैं।

आनन-फानन उसने कार खरीदने की औपचारिकताएँ पूरी कर लीं। अनु को सफेद रंग पसन्द है इसलिए सफेद गाड़ी। अपने पास मारूति अल्टो है, इसलिए अनु के लिए उससे बेहतर स्विफ्ट। दो लाख का डाउन पेमेंट, बाकी किस्तों में। वह जिद करके कार की डिलिवरी जल्दी करवाती है। तीसरे दिन। मैं लगभग हक्काबक्का बना रहता हूँ। सोचता हूँ कि असली प्यार यही है, जो दूसरे को देने में ज्यादा खुशी पाता है। मगर मुझे डर भी लग रहा था। यह जरूरत से ज्यादा प्यार था।

लौटते हुए मनु बार-बार मुझसे कहती है कि मैं अनु को न बताऊँ।

मैं अनु को बताता भी क्यों? मगर मुझे उसे संकेत देना पड़ा। वह अगले दिन ही मुझसे मिलने आया था। मुझे हैरानी हुई कि वह अपने साथ शराब की बोतल भी लाया था।

मेरे पास शराब की कमी नहीं, तुम क्यों ले आए—मैंने उसे झिड़का।

सोचा थोड़ा तो कर्ज उतार दूँ—उसने अजीब खिसियाते हुए कहा। मैंने कहा मुझे अपना दोस्त नहीं समझते क्या? और दोस्तों का कर्ज नहीं होता। वह चुप रहा।

मैं कल इलाहाबाद निकल रहा हूँ। पिताजी की तबीयत खराब है। इस बार कुछ दिन रुकूँगा वहाँ—उसने पीना शुरू करने से पहले बताया। मैं उसके 'कुछ दिन' पर चौंका।

कितने दिन? मैंने पूछा।

पता नहीं। सोच रहा हूँ बहन का घर भी बसा दूँ। वह अट्ठाईस की होने

वाली है—उसने सोचते हुए कहा।

लड़का देख लिया क्या उसके लिए?

नहीं, सब मुझे ही करना होगा—वह सोचते हुए बोल रहा था, जैसे कि बोलते हुए भीतर ही भीतर कुछ फैसला कर रहा हो।

इसमें तो कई महीने भी लग सकते हैं? मैं अब सवालिया निगाह से उसे देख रहा था। उसने तुरन्त कोई जवाब नहीं दिया।

यहाँ भी मैं क्या कर रहा हूँ? पी-एच.डी. का काम तो वहाँ से भी कर सकता हूँ। वहाँ यूनिवर्सिटी में एडहॉक पोस्ट हैं खाली। मुझे मौका मिल सकता है। एक-दो साल पढ़ाने के बाद परमानेंट हो जाते हैं—वह सिर नीचे झुकाकर बोला।

तो यहाँ मनु क्या करेगी? उससे पूछा तुमने? मेरी पेशानी पर बल पड़ गए थे।

नहीं, पर मनु दिल्ली क्यों छोड़ेगी। उसकी अच्छी नौकरी है। एक-दो साल में वह अपने लिए घर भी खरीदने वाली है—उसका झुका हुआ सिर उठ गया था।

तुम कहना चाहते हो कि मनु को छोड़कर चले जाओगे? मेरी आवाज में थोड़ा तैश उतर आया।

पर यहाँ ऐसे कब तक चलेगा बलराज साहब। मैं यहाँ उसका आश्रित बनकर रह रहा हूँ। घर का किराया वही देती है। जब तब मेरे लिए गिफ्ट खरीदती है। बैंड से जितना कमाता हूँ, वो मुझे बहन की पढ़ाई के लिए घर भेजना पड़ता है। मनु के जीवन में मेरी भूमिका एक परजीवी से ज्यादा कुछ नहीं। वह मुझे प्यार करती है, पर मेरा अपना जमीर भी है। मुझे जमाने के आगे भी जाना पड़ता है—अब उसकी आवाज में तैश उतर आया था। मैं उसकी बात समझ रहा था। वह मर्द कॉम्प्लैक्स का शिकार हो गया था। लड़कियाँ पूरा जीवन गृहणी बनकर गुजार देती हैं, पर उन्हें अटपटा नहीं लगता। मगर मर्द को यह मंजूर न था। उसे गृहस्थी में अपनी भूमिका चाहिए, स्त्री से ज्यादा बड़ी भूमिका, घर के नायक की भूमिका। अगर वह लड़की होता, तो शायद ऐसा नहीं सोचता।

तुम थोड़ा धैर्य से काम लो। कुछ समय की बात है, तुम्हें भी जॉब मिल जाएगा। पी-एच.डी. तरे पूरी कर लो। और तुम जानते हो कि मनु ने कभी चीजों को इस तरह नहीं देखा। उसने कभी तुम्हारी भूमिका के बारे में सोचा ही नहीं होगा। वह तुम्हें अपना मानती है। और अपनों के लिए कोई ऐसे नहीं सोचता। तुम ही जरूरत से ज्यादा सचेत हो रहे हो। दिक्कत है, तो मुझसे ले लो हर महीने पैसा, बाद में लौटा देना—मैं उसे किसी तरह आश्वस्त करना चाहता था ताकि वह अपना फैसला बदले।

आपसे पहले ही मैंने पैसा लिया हुआ है। पर मैं इलाहाबाद पहुँचते ही भेज दूँगा आपको—उसकी आवाज में आतुरता थी। मुझे उसका ऐसा कहना अच्छा नहीं लगा।

मुझे जरूरत नहीं है अभी। जब नौकरी लगे तब लौटा देना पैसा। मगर तुमने क्या इलाहाबाद जाने का फैसला कर लिया? मैं अब घबराने लगा था। जानता था कि अनु ऐसा नहीं कि मेरे समझाने से अपना फैसला बदल ले। पर मैं अब तक यह नहीं समझ पा रहा था कि क्या वह वाकई लौट जानेवाला था। ऐसा वह कैसे कर सकता था। ऐसा कोई भी कैसे कर सकता है? यह अनु ही था जिसने मनु की ओर हाथ बढ़ाया था और मनु ने उसे अपना सब कुछ दे दिया था। सिर्फ इसलिए कि अनु अपने पैरों पर खड़ा नहीं हो पा रहा था, सिर्फ इसलिए कि मनु ने गृहस्थी की जिम्मेदारी अपने ऊपर ले ली थी, सिर्फ इसलिए कि अनु मर्द था और मनु औरत, वह उसे छोड़कर जाने का सोच रहा था। अगर वह यह समझता है कि ऐसा करके वह अपने स्वाभिमान को बचा रहा था, तो वह गलत था। यह उसका आडम्बर था। अगर ऐसा होता, तो वह मुझसे भी पैसे नहीं माँगता। लेकिन मर्दों को उन्हें प्यार करनेवाली स्त्रियों को सताने में सुख मिलता है शायद। वे इसे अपना अधिकार मानते हैं। मैं जानता था कि अनु के जाने से मनु पर क्या बीतेगी। मैं किसी तरह अनु को मना लेना चाहता था। कम से कम उसे अभी तो नहीं जाना चाहिए।

कल तुम्हारा जन्मदिन है। कल तो घर पर रहोगे ना? मैंने उससे नजरें मिलाते हुए पूछा। उसने नजर झुका ली।

देखो अनुराग, तुम शायद समझ नहीं रहे तुम्हें मनु के रूप में कैसी लड़की मिली है। उसके मन में तुम्हारे लिए प्यार के सिवा कुछ नहीं। मैं जानता हूँ कि इस विषय पर मुझे बीच में नहीं आना चाहिए पर मैं आँख बन्द करके नहीं बैठा रह सकता। शी जस्ट कांट लिव विदाउट यू। ऐसे प्यार की कद्र करो। तुम्हें भी उसकी जरूरत है। ये दुनिया बहुत बेदिल है, तुम्हें इस कदर चाहनेवाला कोई दूसरा नहीं मिलेगा—मैंने महसूस किया कि मैं भीतर ही भीतर उसके सामने गिड़गिड़ाने लगा था।

कल तुम्हारा जन्मदिन है। मनु जरूर तुम्हारे लिए कुछ लाएगी। कल रात को हम एक साथ सेलिब्रेट करेंगे जन्मदिन—मैंने उसे कहा तो सही, पर कहते ही मुझे याद आया कि मनु ने उसे कुछ भी बताने को मना किया था। मुझे डर लगा कि अनु कहीं पूछ न ले कि वह क्या लाने वाली है। मगर उसने कुछ नहीं पूछा। बल्कि उसने मेरी पेंटिंग के बारे में सवाल पूछ बहुत चालाकी से विषय ही बदल दिया।

बलराज साहब, आपकी ये पेंटिंग बहुत कुछ कहती हुई जान पड़ती है—उसने सामने रखे कैनवास की ओर इशारा किया। यह वही पेंटिंग थी, जिसमें मैंने एक लड़की का चेहरा बनाया हुआ था, जिसकी आँखों में सुरंग उतर रही थी।

यह प्रतिनिधि पेंटिंग है। लड़कियों का चेहरा ऐसा ही होता है। मुझे उनकी आँखों में सुरंग दिखती है—पेंटिंग पर ध्यान जाने से मैं खुश हुआ था।

चलिए आज अपनी सारी पेंटिंग्स के बारे में बताइए—अचानक वह खड़ा होकर पेंटिंग को करीब से देखने लगा। मेरे स्टूडियो में उस वक्त दो दर्जन से ज्यादा पेंटिंग्स थीं। मैं जल्दी ही उनकी प्रदर्शनी लगवानेवाला था। मैंने उसे हर पेंटिंग के बारे में बताया। उसने उनके बारे में मुझसे बचकाने सवाल किए, मैं उसे उनका तत्व समझाता रहा। यह आधी रात के करीब उसके जाने और मेरे बिस्तर पर लेटने के बाद था कि मुझे आने वाले दिन की चिन्ता होना शुरू हुई।

अगले दिन रविवार था, अनु का जन्मदिन भी। मनु की योजना थी कि उस दिन वह और अनु नई कार में घूमने जाएँगे। उसने अब तक दिल्ली का लालकिला और कुतुबमीनार नहीं देखे थे। वह एक ही दिन में दोनों देख लेना चाहती थी। बाहर ही खाना-पीना। अनु को सरप्राइज देने के लिए वह सुबह-सुबह कोई बहाना बनाकर घर से निकल आई। मुझे फोन करके उसने नीचे बुलाया। हम लोग शो रूम खुलने से पहले ही उसके बाहर खड़े थे।

कार डिलिवरी के लिए पहुँच चुकी थी। उसने जल्दी-जल्दी औपचारिकताएँ पूरी कीं। घंटे भर में नयी कार की चाबी उसके हाथ में थी। वह चहकती हुई कार में सवार हुई।

बलराज जी अनु खुश हो जाएगा ना? डाँटेगा तो नहीं? उसके मूड का कुछ पता नहीं चलता—वह कार बहुत धीमे चला रही थी।

पागल है, डाँटेगा क्यों? खुश ही होगा। नयी कार मिलना खुशी की बात है—मैं रास्ते भर उसे आश्वस्त करता रहा।

योजना के मुताबिक कार नीचे खड़ी कर वह ऊपर अनु को लाने चली गयी। मैं कार के अन्दर ही था। पाँच मिनट, दस मिनट, पन्द्रह मिनट, अनु-मनु नहीं आए। मैं भी मनु की तरह उतावला हो रहा था कि अनु आए और कार देखकर झूम जाए। अपनी अधीरता में ही मैं कार से बाहर आ गया। आखिर इतनी देर क्यों हो रही है उन्हें आने में। मैं ऊपर चल दिया।

अनु-मनु के दरवाजे पर पहुँच मैंने मनु को आवाज दी। वह बाहर नहीं आई। मैंने फिर आवाज दी। वह आई तो उसका चेहरा देख मैं चौंक गया।

अरे, इसकी आँखें क्यों इतनी लाल हो गईं।

क्या हुआ? मैंने सवाल किया।

वह कुछ नहीं बोली। एकटक मुझे देखती रही।

क्या हुआ, मैंने उसके कन्धे पर हाथ रखा। मुझे अनहोनी की आशंका होने लगी थी।

अनु चला गया! वह बुदबुदाई, जैसे खुद भी यकीन न कर पा रही हो।

चला गया? कहाँ चला गया?

छोड़कर चला गया मुझे।

वह अब भी अपलक शून्य निहार रही थी। मेरी समझ में नहीं आया कि वह क्या कह रही है। तो क्या सचमुच वह चला गया?

कहीं गया होगा, शाम तक लौट आएगा। हम ये सरप्राइज शाम को दे देंगे। तुम क्यों मूड खराब किए बैठी हो। मैंने कहा।

नहीं, अब वह कभी नहीं आएगा। उसने कहते हुए मेरी ओर एक कागज बढ़ा दिया।

मैं जा रहा हूँ दिल्ली छोड़कर। लौटकर नहीं आ पाऊँगा। तुम जानती हो, मैंने बहुत कोशिश की, लेकिन मेरा जमीर मुझे इजाजत नहीं देता। हमारे रास्ते एक नहीं। मैं जानता हूँ तुम्हें बुरा लगेगा, मगर मैंने बहुत सोच समझकर ही ऐसा फैसला किया है...

यह अनु का पत्र था। मैंने पढ़ना छोड़कर नजर उठाई। मनु अब भी एकटक शून्य निहार रही थी। मैं जानता था अनु ने आगे क्या लिखा होगा। मेरी रुचि पत्र को पढ़ने में न थी। मैं मनु के लिए चिन्तित था।

वो ऐसा कैसे कर सकता है? मैंने पूछा।

वह चुप रही। अब भी शून्य में एकटक देखती।

उसने कभी तुमसे ऐसे छोड़कर जाने की बात कही थी क्या? मैं जानने को अधीर था।

वह चुप रही।

रुको, मैं उसे फोन करता हूँ। वह ऐसा नहीं कर सकता। ही हैज नो राइट्स टु ट्रीट यू लाइक दिस—मुझे अब गुस्सा आ रहा था। मैंने जेब से मोबाइल निकाल लिया। मगर मनु ने हाथ बढ़ाकर मुझे रोक दिया।

नहीं बलराज जी, उसे जाने दो। मेरे ही प्यार में कोई कमी रह गई होगी—मनु शून्य निहारते हुए ही बुदबुदाई।

मुझे कुछ सूझ नहीं रहा था कि कैसे क्या करूँ। मैंने उसका हाथ पकड़ा। अब मैं उसके चेहरे को देख रहा था। दो बूँदें गालों पर ढुलक आई थीं। उसकी आँखों में अब एक सुरंग बन रही थी।

मान्छे कुकुर हई न (मनुष्य कुत्ता नहीं है)

दो दिन लगातार बरसने के बाद बारिश आज सुबह ही रुकी थी। अब चारों ओर निपट नीला आसमान था। पहाड़ की तीखी ढलान पर रपटने से बचते हुए दो आदमी एक लाश उठाए नीचे उतर रहे थे। नीचे जहाँ बरसात से फूली हुई नदी थी। उसका पानी आधे से ज्यादा घाट लील चुका था। बचे हुए घाट पर एक चिता जल रही थी। पहले जेतराम की नजर पड़ी चिता पर।

धनसिंह, उसने पीछे पलटकर अपने साथी से कहा, यह शाला घाट भी कभी खाली नहीं रहता। किसी को भड़्या (जला) रहे हैं नीचे।

हम भी साले को भड़्या देंगे। न हुआ तो पानी में बगा (बहा) देंगे। सरयू चढ़ी हुई है, अपने आप पहुँचता है सरगलोक, धनसिंह खैनी की पीक थूकते हुए बोला।

जेतराम और धनसिंह आज पहली बार नहीं आ रहे थे इस घाट पर। पिछले छह महीने में यह तीसरा मौका था, जब उन्हें एक लावारिस लाश को ठिकाने लगाने का काम मिला था। दोनों यूपी पुलिस के घाघ सिपाही थे। पहली बार जब वे यहां आए थे, तो उन्हें कई मुश्किलें झेलनी पड़ी थीं। थाने से उन्हें जमा तीन सौ रुपये मिले थे। इसी पैसे से करना था उन्हें सबकुछ। लाश को घाट तक ले जाने में ही उनके डेढ़ सौ रुपये खर्च हो गए। फिर उसे जलाने के लिए तेल, लकड़ियाँ आदि की व्यवस्था करते-करते उन्हें अपनी जेबों से सौ-सौ रुपये ढीले करने पड़े थे। दूसरी बार उन्होंने थानेदार को ज्यादा पैसे देने को कहा।

इस काम के लिए इतना ही पैसा मुकर्रर है। ज्यादा पैसा चाहिए तो एसपी के दफ्तर में अर्जी लगाओ, थानेदार ने उन्हें दो-टूक जवाब दिया था।

तो क्या बार-बार हम अपनी जेब से पैसा लगाएँगे? धनसिंह बिफर उठा था।

मैं भी कभी तुम्हारी तरह जूनियर था। लखनऊ में यह मनहूस काम मेरे सिर भी रहा। यहाँ तो साल-छह महीने में दो-चार लाशें आती हैं, वहाँ हफ्ते में ही तीन-तीन लाशें निकल आती थीं। तब दस रुपया मिलता था एक लाश ठिकाने

लगाने का। उस दस में से भी मैं दो-चार रुपये बचा लेता था। इन लावारिसों के लिए ज्यादा दान-पुन दिखाओगे तो जेब से ही पैसा लगाना पड़ेगा, थानेदार ने उन्हें समझाया था। धनसिंह उसका इशारा समझ रहा था। दूसरी बार वे सारा काम तीन सौ में ही निपटा आए। पर इस बार धनसिंह इस काम से भी हराम की खाने का मन बना चुका था। ज्यादा नहीं तो सौ रुपये तो बचाए ही जा सकते थे।

लाश को घाट तक पहुँचाने के लिए धनसिंह बाजार से दो डोट्याल ले आया। डोट्याल काम की खोज में नेपाल से आए लोग थे। वे इस पहाड़ी क्षेत्र में पैसा कमाने के लिए कुछ भी करने को तैयार रहते—कुलीगिरी, खेतों में मजदूरी, सड़कों की मरम्मत का काम, यहाँ तक कि वे घरों में नौकर भी बन जाते। इस तरह वे महीने में हजार रुपये तक कमा लेते थे। पर बरसात में सड़कों का काम रुक जाता। उन्हें मजूरी का काम भी नहीं मिल पाता। इसलिए इस मौसम में वे औने-पौने भाव कोई भी काम करने को तैयार रहते। धनसिंह ने पचास रुपये में दोनों डोट्याल पटा लिए थे।

कन्धे पर लाश उठाए खड़ी ढलान से उतरना जोखिम भरा काम था। इस रास्ते कोई लाश लेकर नहीं जाता था। घाट तक पहुँचने के लिए बाकायदा एक चौड़ा रास्ता बना हुआ था। पर वह अजगर की तरह कई बल खाता नीचे उतरता था। लम्बा रास्ता लेकर जेतराम और धनसिंह अपना समय नहीं बर्बाद करना चाहते थे। उन्होंने शॉर्टकट लिया।

धनसिंह एक जरा-सी सपाट जगह पहुँचकर पसर गया। डोट्यालों ने भी लाश को उतारकर जमीन पर लिटा दिया। लाश एक सस्ते सफेद कपड़े से लिपटी हुई थी। कपड़ा इतना पतला था कि नग्न लाश के कई हिस्से उससे चिपके दिख रहे थे। फूला हुआ पेट बाहर उघड़ आया था। कई खुली जगहों से काली गंदलाई त्वचा झाँक रही थी। पहाड़ में ऐसी हत्याएँ बहुत कम होती थीं। पर उत्तराखंड राज्य बनने के बाद एक तो वहाँ राजनीति लोगों के सिर चढ़ गयी और समय का भी फेर था कि आए दिन अनहोनी घटनाएँ घटने लगी थीं। यह लाश दस दिन पहले जंगल में पड़ी मिली थी। किसी ने गला रेत दिया था और पत्थर से पीट-पीटकर चेहरा बुरी तरह बिगाड़ दिया था ताकि कोई उसकी शिनाख्त न कर पाए। हत्यारे उसके कपड़े भी अपने साथ लेते गये। अफवाहें बहुत थीं। किसी ने कहा कि वह थलकेदार की ढलान पर दो साल पहले बनाए साहनी सेठ के रिसॉर्ट का रखवाला था, जो टूरिस्टों के लिए लड़कियाँ सप्लाई करने का काम भी करने लगा था। कोई उसे कुमाऊँ रेजिमेंट का सिपाही बता रहा था। कारगिल की लड़ाई के चलते वह साल भर से छुट्टी नहीं आया था और इस बीच उसकी घरवाली का किसी दूसरे से सम्बन्ध बन गया। राज खुला तो उस औरत ने ही अपने प्रेमी के साथ मिलकर उसे मार डाला। कहनेवाले तो उसे कॉलेज में पढ़नेवाला भोटिया लड़का भी मान रहे थे, जो छात्रसंघ

के चुनाव में सचिव पद का दावेदार था। जितने मुँह उतनी बातें। सच कोई नहीं जानता था। चार दिनों तक लाशघर में पड़े रहने के बाद भी जब उसकी शिनाख्त के लिए कोई नहीं आया, तो नियमानुसार उसे फूँकने का ऑर्डर दे दिया गया। हालाँकि मुर्दाघर वालों को इसे बर्फ की सिल्लियों में रखना चाहिए था आजकल कौन सरकारी पैसे का उचित उपयोग करता है। नाममात्र की बर्फ में पड़ी रही लाश। अब तक वह इस कदर सड़ चुकी थी कि रह-रहकर उससे दुर्गंध के भभके उठ रहे थे।

दोनों डोट्यालों ने पैसों के लालच में काम ले तो लिया था, पर उस पहाड़ी ढलान पर लाश ढोते हुए उनकी हालत पतली हो गई थी। लाश को नीचे उतारने के बाद अब वे जोर-जोर से साँस ले रहे थे।

नहीं हो सैब, हमी सकदे न, भोत बास मारता है, एक डोट्याल अंगोछे से गले का पसीना पोंछते हुए बोला। वह कोई चालीस-पैंतालीस की उम्र का था, ठिगना-सा। पर दूसरा डोट्याल उससे कहीं युवा और गठीले शरीर वाला था।

अब तो पहुँच ही गये बहादुर, एक फर्लांग भी नहीं रह गया, धनसिंह ने बीड़ी सुलगा ली थी। उसने बीड़ी का एक नया पैकेट डोट्याल की ओर उछाल दिया। दोनों डोट्याल बीड़ी पीने लगे। जेतराम लाश की दूसरी ओर नाक दबाकर पेशाब कर रहा था। धनसिंह को यह देखकर खुशी हुई कि नीचे घाट से लोग लौटने लगे थे। यानी कुछ ही देर में घाट खाली हो जाएगा। तब वे लाश को अपने ढंग से झटपट निपटा देंगे। उसे यही चिंता थी कि कहीं डोट्याल मुकर न जाएँ। यहाँ से घाट का रास्ता और संकरा और तीखा हो जाता था। पर उसने डोट्यालों को खुश करने का इन्तजाम किया हुआ था। रात ही उसने बीड़ी के चार पैकेट और कच्ची शराब की दो-दो थैलियाँ खरीद ली थीं। अब उनके इस्तेमाल का समय आ गया था। उसने अपनी कमीज के भीतर हाथ डाल दोनों थैलियाँ निकाल लीं।

ले बहादुर, तेरे लिए शराब भी लाया ठहरा। पियो और मौज मारो। धनसिंह ने एक थैली बड़े डोट्याल को पकड़ा दी। डोट्याल पस्त तो थे ही। देखते ही देखते थैली साफ कर गये। धनसिंह की साजिश थी कि वे कच्ची शराब के नशे में जल्दी-जल्दी लाश को निपटा देंगे। उसने दूसरी थैली भी उनकी ओर बढ़ा दी। थैली खाली करने तक डोट्यालों की आँखें नशे से भर चुकी थीं।

दोनों डोट्यालों ने एक बार फिर लाश को कन्धे पर उठा लिया और सँभलकर नीचे उतरने लगे।

जेतराम, ऐसे तो ये लोग खुद नीचे घरकी जाएँगे। कहीं लेने के देने न पड़ जाएँ, धनसिंह ने उनका हाल देख जेतराम को चेताया। बात सही भी थी। संकरे रास्ते पर दोनों नशे में बीच-बीच में लड़खड़ा जा रहे थे। तभी धनसिंह के दिमाग में विचार कौंधा—क्यों न लाश को ऊपर से नीचे लुढ़का दिया जाए! घाट अब सुनसान

हो चुका था। उस खड़ी ढलान पर किसी भी चीज को छोड़ देने से वह नीचे पहुँचकर ही रुकती। उसने डोट्यालों के कन्धे से लाश नीचे उतरवा दी। लाश को कुछ और टाइट बाँधा गया। धनसिंह ने फिर चारों ओर नजर घुमाकर देखा कि कोई उनके इस कृत्य का गवाह तो नहीं। जब कोई नहीं दिखा तो उसने काली का नाम ले लाश को ढलान पर छोड़ दिया। लाश नीचे फिसलती चली गयी। नीचे चट्टान का एक हिस्सा ऊपर उठा हुआ था। धनसिंह को डर था कि कहीं लाश चट्टान में अटक न जाए। पर काली ने उसे बचा लिया। लाश चट्टान के उस हिस्से को सफलतापूर्वक लाँघ गयी और एक जोरदार आवाज के साथ सीधे घाट के किनारे पड़ी। आवाज सुनकर एक बारगी धनसिंह घबरा ही गया था, मगर उसने देखा कि पक्षियों का शोर उठने के सिवाय कहीं कुछ न हुआ।

नीचे पहुँचकर धनसिंह ने घाट का मुआयना किया। वहाँ पहले से जल रही लाश अभी आधी ही जली थी। एक बार फिर उसके दिमाग में विचार कौंधा—क्यों न इसी चिता की लकड़ी से लाश को जला दिया जाए। घाट पर जगह-जगह और भी अधजली लकड़ियाँ बिखरी हुई थीं। इन सबको मिलाकर अच्छी-खासी चिता बनाई जा सकती थी। उसने डोट्यालों को लकड़ियाँ इकट्ठी करने को कहा और खुद पहले से जल रही चिता से अधजली लकड़ियाँ निकालने लगा।

नौजवान डोट्याल धनसिंह के कहने पर पुरानी लकड़ियाँ इकट्ठी करने लगा। पर वह अधेड़ दिखता डोट्याल अपनी जगह बैठ गया। उसने अपना सिर घुटनों में दबा दिया था। धनसिंह की उस पर नजर पड़ी तो वह उससे मुखातिब हुआ-

शिर पकड़कर क्यों बश गया बहादुर, ज्यादा चढ़ गयी क्या? जल्दी कर वापश भी जाना ठहरा। एक थैली और रखी है तेरे लिए। पर डोट्याल टस से मस नहीं हुआ। धनसिंह ने उसे झिंझोड़ा। अचानक वह उठ खड़ा हुआ। उसकी आँखें सुर्ख थीं, चेहरा कसा हुआ। धनसिंह उसके चेहरे को देख थोड़ा घबरा गया।

साहब, यस लास को जुठा काठ ले जलाउनु हुन्छ, जुठा काठ ले? साहब यो मान्छे हो मान्छे, कुकुर हई न। हम्र देसमा मरे को पशु लाई पानि सम्मान गरिच्छ, अनित पाई लेएउटा मान्छे लाई जूठा काठ ले जलाउनु चाचाहानु हुन्छ? (इस लाश को जूठी लकड़ी से जलाओगे, जूठी लकड़ी से? साहब, यह मनुष्य है कुत्ता नहीं। हमारे देश में मरे हुए जानवर को भी सम्मान देते हैं और तुम इस मनुष्य को जूठी लकड़ी से जलाना चाहते हो?) डोट्याल अब अपनी असली जबान पर उतर आया था। धनसिंह को लगा कि उसे चढ़ गई है और नशे में वह बहक रहा है।

अरे बहादुर पहली बार थोड़े भड़या रहे हैं किसी को। ये लावारिस लाश है। इशका कोई ग्वाल-गुश्यां नहीं। कोई चोर-उचक्का पापी रहा होगा, तभी माँ काली ने शजा दी इशे। इशका कोई होता तो ले जाता इशे। कर लेता धूप-अगरबत्ती से

किरियाकरम। उसने डोट्याल को समझाने की कोशिश की। पर तभी डोट्याल को जाने क्या सूझा कि एकाएक वह पलटकर लाश की ओर दौड़ा।

यसको पनि कोई छ। यो हम्रो भाई हो, यो हम्रो जात को हो, यो मान्छे हो मान्छे, यसको जुठो काठ ले जलाउनु हुन्छ? म ल्याउछु यसको लागि काठ, यसलाई आगो दिन्छु, म बामन बुलाउछु, यो कुकुर हई न साहइ, जस्तो म हो, जस्तो तपाई, उस्तै यो हो, कुकुर पनि अर्को कुकुर लो लागि रुन्छ, तपाई एसलाई एसै बगाई दीनु हुन्छ! (इसका भी कोई है, ये हमारा भाई है, ये हमारी जात का है, ये मनुष्य है मनुष्य, इसे जूठी लकड़ियों से जलाओगे? मैं लाता हूँ इसके लिए लकड़ी, इसे आग देता हूँ, मैं बुलाता हूँ ब्राह्मण को, ये कुत्ता नहीं है साहब, जैसा मैं हूँ, जैसे तुम हो, वैसे ही ये है, कुत्ता भी दूसरे कुत्ते के लिए रोता है, तुम इसे ऐसे ही बहा दोगे?) बड़ा डोट्याल उस लाश से लिपट गया। सड़ान्ध मारती स्याह पड़ चुकी उस लावारिस लाश से, जिसका उसने कभी चेहरा भी नहीं देखा था। इस लाश से लिपटकर वह पूरी आवाज में विलाप कर रहा था। उसका रुदन चारों ओर पहाड़ों से टकराकर सुनसान घाटी में गूँज रहा था।

(मित्र अशोक पांडे के लिए, जिसके किस्से से निकली यह कहानी)

एक यूटोपिया की हत्या

एक हत्या की स्मृति, प्रेम का अभाव और सिर चढ़कर बोलता ज्ञान, इन सबके बीच एक सहज-सन्तुलित जीवन कैसे सम्भव है?

दिल्ली में जब वह मुझे पहली बार मिला तो मैंने उसे विचारधाराओं के भँवर में डूबा पाया। यह वैसा ही भँवर था, जिससे मेरी पीढ़ी के लोग धीरे-धीरे बाहर निकल रहे थे और अपनी गृहस्थियाँ दुरुस्त करने में लगे थे। हेमन्त बात-बात पर बहस करता था और उत्तेजित हो जाता था। स्पोंडिलाइटिस के कारण बात करते हुए वह बीच-बीच में अपनी गर्दन झटकने लगता। मुझे वह कुछ सनकी भी लगा। गर्मियों में कई बार वह बस स्टॉप पर बैठे-बैठे ही रात गुजार देता। कभी रात के खाने के बाद लक्ष्मीनगर से निकलकर राजघाट में बापू की समाधि तक पैदल चला जाता और सुबह लौटकर आता।

एक बार नैनीताल में सूर्यास्त देखते हुए उसकी इच्छा हुई कि वह समुद्र में डूबता सूरज देखे। अगले दिन ही वह एक दोस्त से थोड़े पैसे लेकर मुम्बई निकल पड़ा। वहाँ पहुँचते-पहुँचते उसके सारे पैसे खत्म हो गए। मगर वह पैदल ही चलता रहा। मरीन ड्राइव पर इत्मीनान से डूबते सूरज को पूरा निगलने के बाद ही उसे चैन मिला।

हेमन्त का सनकीपन उसकी बहसों में छलक पड़ता है। एक दिन एक गोष्ठी से बाहर निकलते हुए उसने इतिहासकारों पर बहस छेड़ दी:

"नहीं दाज्यू, इतिहासकारों पर भरोसा नहीं किया जा सकता। उन्होंने कभी असलियत का सुराग नहीं दिया। खाते पीते घरों के लोग ही इतिहासकार बने। अगर कोई दलित इतिहासकार हुआ होता, तो इस देश में दलितों का भी कोई इतिहास होता। हम दरबारी इतिहासकारों का लिखा इतिहास ही पढ़ते आए हैं..."

"भई सवर्ण इतिहासकार होने का यह मतलब नहीं है कि उनका नजरिया भी सवर्ण रहा हो। ऐसे कई अँग्रेजी इतिहासकार हैं, जिन्होंने अँग्रेजों के शासन को जमकर लताड़ा है और ऐसे मुसलमान इतिहासकार भी हैं, जिन्होंने मुस्लिम शासकों

की हँसी उड़ाने में कोई कसर नहीं छोड़ी।'' मैंने उसे समझाने की कोशिश की।

''दाज्यू, बिना मरे स्वर्ग नहीं मिलता। ये इतिहासकार कितने भी ईमानदार क्यों न रहे हों, उन्होंने जो लिखा अपनी ही समझ से लिखा और एक आदमी की समझ उसका परिवेश ही बनाता है। बिना वंचितों का जीवन जिए वे उनका नजरिया कैसे समझते...माफ करना ज्यादा बोल रहा हूँ, मगर मुझे यही लगता है कि इतिहास ने हमें कभी सच से रूबरू नहीं किया...''

उसके पास ऐसी बहस के लिए विषयों की कमी न थी। वह नीत्शे, सार्त्र, सिमोन द बउवार, हीगल, फ्रायड, फूको, कान्त, मार्क्स, काफ्का, तोल्सतोय और न जाने कितने दार्शनिकों, साहित्यकारों को चाट चुका था। हिन्दी साहित्य में शायद ही कोई ऐसा बड़ा नाम होगा, जिसे उसने न पढ़ा हो। पीने के बाद उसका ज्ञान छलकने लगता:

''नीत्शे ने गलत कहा कि ईश्वर मर गया है। क्योंकि ईश्वर के मरने का अर्थ है कि वह कभी जीवित भी रहा था...और नीत्शे ने कभी ईश्वर का ऐसा पक्ष नहीं लेना चाहा। यह भाषा की चूक है जिसे न उसने समझा न लोगों ने...''

''मार्क्स को पूँजीवाद समर्थक बुद्धिजीवी निरस्त करने पर तुले हैं, मगर जब तक दुनिया में गरीबी है, मार्क्सवाद भी रहेगा। यूटोपिया किसी एक आदमी का स्वप्न नहीं, वह मनुष्यता का स्वप्न है। मनुष्य के रहते सपना कैसे मर सकता है...''

''अमर्त्य सेन गरीबों के लिए आर्थिक नीति की बात कर रहे हैं, वह अर्थशास्त्री हैं, मगर वह भूल रहे हैं कि भारत में गरीबों के पास न अर्थ है न शास्त्र, उनका अर्थशास्त्र कैसे हो सकता है?''

हेमन्त की ऐसी घोषणाओं पर मुझे अन्ततः चुप हो जाना पड़ता। उसके ज्ञान के समक्ष मेरा उम्र का अनुभव भी नाकाफी पड़ जाता।

इन बहसों का ही आतंक था कि मैं उसके न्योतों के बावजूद आज तक उसके कमरे में नहीं गया था। आज भी ऑफिस से निकल रहा था कि अचानक उसका फोन आ गया—

''दाज्यू, सारा जुगाड़ किया हुआ है, हो सके तो आ जाओ, प्लीज!''

ऑफिस से बाहर निकला तो अचानक जाने कहाँ से बादल घिर आए और देखते ही देखते बूँदाबाँदी होने लगी। दिल्ली में अक्टूबर के महीने में बारिश एक अनहोनी घटना थी। कार में बैठते हुए एक बार मन हुआ कि किसी काम का बहाना बना उसका न्योता टाल दूँ और ऐसी खुशनुमा शाम घर पर ही गुजारूँ। लेकिन लक्ष्मी नगर के चौराहे पर हवा और बारिश ने मुझे रोक दिया। मुझे जाने क्या सूझा कि गाड़ी हेमन्त की गली की ओर घूम गयी।

लक्ष्मी नगर की तंग गलियाँ। एक पुराने मकान की तीसरी मंजिल पर एक सीलन लगा कमरा। हेमन्त यहीं रहता है। यूपी, बिहार और पहाड़ों से आए कई नौजवान इसी इलाके में किराये पर रहते हैं। वे अपने कस्बाई सपने लेकर दिल्ली आए थे—दुनिया को बदलने की हद तक बड़े सपने। लेकिन कुछ ही महीनों की जद्दोजहद उनके सपनों को एक अदद नौकरी की चाह में तब्दील कर चुकी है।

हेमन्त के बारे में कुछ और बातें जान लेना जरूरी हैं। पहली तो यह कि वह कविताएँ लिखता है और आए दिन जन-आन्दोलनों में शरीक होता है। नैनीताल में वह छात्रों के एक राजनीतिक संगठन का सक्रिय सदस्य रहा था। इस कदर सक्रिय कि दो बार जेल गया और एक बार विरोधी खेमे के छात्रों के हाथों पिटकर अस्पताल। दूसरी यह कि उसे पढ़ने-लिखने, सोचने और घूमने का बहुत शौक है।

उसका कमरा अस्तव्यस्त था। फोल्डिंग चारपाई पर बेतरतीब बिस्तर और उस पर फैली हुईं किताबें। दीवार पर गोरख पांडे की कविताओं का पोस्टर हवा में फड़फड़ा रहा था और कभी भी लहराकर नीचे गिर सकता था। कमरे के एक कोने में एक पुराना स्टोव था, जिस पर चाय का भगोना रखा हुआ था। बाहर से वह लगभग काला पड़ चुका था। उसने शायद सुबह चाय बनाकर उसे बिना धोए ही स्टोव पर छोड़ दिया था। चाय उसकी खुराक थी, जैसा कि ज्यादातर सोचनेवालों के साथ होता है। चारपाई के नीचे अखबारों और पत्रिकाओं को करीने से रखने की नाकाम कोशिश की गई थी। कुछ पत्रिकाएँ मेज पर भी पड़ी थीं। एक गिलास के भीतर पुराने पेन, हाइलाइटर, पेंसिलें, पुरानी कंघी, पेचकस, एक गोंद की सूखी हुई ट्यूब, सब एक साथ ठुँसा हुआ था। वहीं बाम की एक शीशी थी दर्द से राहत पाने के लिए जिसे वह सुबह-शाम गर्दन पर मलता था। कमरा हेमन्त के अराजक व्यक्तित्व का जीवन्त नमूना था।

''एक तेईस-चौबीस साल के बैचलर का कमरा इतना बेरंग नहीं होना चाहिए,'' मैंने कमरे का मुआयना करने के बाद उसे नसीहत दी।

''दाज्यू, मैं हुसैन की गजगामिनी के पोस्टर तो नहीं खरीद सकता। हाँ, मेरे एक दोस्त के पास वॉन गॉग के चित्रों के पोस्टर हैं, कहो तो उससे एक-दो पोस्टर माँग लूँ,'' उसने गम्भीर होकर कहा।

''तुझे वॉन गॉग के ही पोस्टर मिले, गजगामिनी कोई बुरी नहीं। वैसे तेरी पसंदीदा हीरोइन तो होगी कोई? अपने दिनों में हम तो स्मिता पाटिल पर फिदा थे, उसका एक पूरा कोलाज बना रखा था मैंने।'' मैं उसकी मेज पर रखी किताबें उलट-पुलट रहा था।

"कैसी बात करते हो दाज्यू, हीरोइन के पोस्टर नाइयों की दुकानों में अच्छे लगते हैं। उन्हें कमरे में कौन लगाएगा?" वह एक अच्छी शाम की उम्मीद में खुश था और यह खुशी उसकी बेतकल्लुफी में झलक रही थी।

"अबे हीरोइन का न सही, कोई दूसरा पोस्टर लगा ले। इन दिनों अखबार और पत्रिकाएँ लड़कियों की सेक्सी तस्वीरों से भरी रहती हैं।" लड़कियों को लेकर मैं उसे छेड़ने का कोई मौका न चूकता। इसके लिए उसकी कविताएँ ही जिम्मेदार थीं। एक बार वह अपनी डायरी लेकर मेरे घर आया और कविताएँ सुनाने की जिद करने लगा। उसने करीब तीस कविताएँ मुझे सुनाई होंगी, सारी प्रेम-कविताएँ। लेकिन यह अधूरा और एक तरफा प्रेम था। हर कविता का अन्त जुदाई पर होता था। कविताएँ सुनने के बाद मैंने उससे पूछा था—

"क्या असल जीवन में तेरी कोई प्रेमिका है?"

"नहीं," उसने कुछ झेंपते हुए जवाब दिया था। मैं हँस पड़ा था।

"तो बिना प्रेमिका के इतनी प्रेम कविताएँ लिख दीं।"

"क्या जिसकी कोई प्रेमिका नहीं, उसे प्रेम कविता लिखने का हक नहीं," वह कुछ असहज हो गया था।

उसका कमरा देख मुझे कॉलेज के अपने दिन याद हो आए थे। मेरे कमरे की दीवारें इस तरह खाली न रहती थीं। कॉलेज के ज्यादातर लड़कों के कमरे पोस्टरों से भरे रहते थे। मेरे कमरे का भी यही हाल था। एक बार कॉलेज की ओर से गोवा जाना हुआ। वहाँ समुद्र तट पर एक आदमी से मैंने एक पोस्टर खरीद लिया—रेत पर बिकनी और पेंटी में लेटी एक सेक्सी फिरंगी का बहुत लम्बा पोस्टर था वह। मैंने वह पोस्टर अपने कमरे में चारपाई के साथ ही दीवार पर लगा दिया। पोस्टर इतना बड़ा था कि लड़की की त्वचा के दाने-दाने दिखाई पड़ते थे। जमीन पर जिस्म के दबाव से हल्के दबे हुए उसके उरोज किसी भी नौजवान की नजर बाँध सकते थे। उस पोस्टर को देख मेरे कमरे में आनेवाले दोस्त आहें भरते रह जाते। कितनों ने तो उस पर हाथ भी साफ करना चाहा, पर मैंने कई सालों तक उसे किसी खजाने की तरह सँभालकर रखा।

मगर हेमन्त के कमरे में पोस्टर के नाम पर गोरख पांडे की कविताएँ थीं। मैं उस पोस्टर को देखने लगा। पोस्टर भी क्या वह चार्ट पेपर था जिस पर सुन्दर हस्तलिपि में गोरख पांडे की कई छोटी कविताएँ लिखी हुई थीं। पोस्टर में एक कोने में दो बड़ी-बड़ी आँखें बनी थीं। एक आँख में आँसू की एक मोटी बूँद झिलमिला रही थी। नीचे मोटे स्केच पेन से लिखा था—ये तुम्हारी आँखें हैं या तकलीफ का उमड़ता समन्दर / इस दुनिया को जितनी जल्दी हो सके बदल देना चाहिए... हेमन्त को गोरख पांडेय की यह कविता बहुत पसन्द थी। शायद इसलिए कि यह भी एक

प्रेम कविता ही थी...और क्या मालूम यह भी अधूरी या एक तरफा प्रेम कविता रही हो। गोरख पांडे ने अन्त में आत्महत्या ही तो की थी।

हेमन्त को बोतल निकालने में ज्यादा देर न लगी। उसने खाने-पीने का भी खूब इन्तजाम किया हुआ था। मूँगफली, चिप्स, सलाद और गोश्त...गिलासों में शराब ढालने से पहले उसने सब कुछ सामने रख दिया। थोड़ी ही देर में हमारी बैठक उरूज पर थी। साहित्य पर बहस करते हुए हम लोग निजी जीवन के प्रसंग ले बैठे। बातचीत का रुख अतीत की ओर मुड़ गया—हेमन्त के अतीत की ओर।

उस शाम मुझे मालूम चला कि बचपन में ही उसके पिता की हत्या हो गई थी। कि इस हादसे का हरापन आज भी उसके भीतर कहीं जीवित था...

''तुझे क्या सब याद है?'' मैंने उससे पूछा।

''नहीं, सिर्फ कुछ दृश्य जीवित हैं, वे भी अब बहुत धुँधले पड़ गये हैं। दृश्य धुँधले पड़ गये, पर मैं आज भी खुद को उनके साक्षी के रूप में देख सकता हूँ। कई सालों तक वे मेरे सपनों में आते रहे।'' अब तक हम दो-दो पैग गटक चुके थे। मैं इस विषय पर और कुछ पूछने में झिझक रहा था। हेमन्त सेंटी आदमी है, अगर वह रोने लगे तो? मगर जिज्ञासा मुझ पर हावी थी।

''कहाँ की बात है यह, वे क्या करते थे?''

''फौज में थे, तब हम लोग कहीं कश्मीर में रहे होंगे, शायद डोडा या कारगिल...ठीक से याद नहीं।''

''तो क्या उन्हें गोली मारी गयी थी? तू कहाँ था तब?''

''माँ के साथ बाजार गया था। शाम का समय रहा होगा। हम जब घर लौटकर आए तो दरवाजा खुला हुआ था। माँ ने बाजार से छोटी बहन के लिए एक गुड़िया खरीदी थी। मैं बहन को यह गुड़िया देने को उतावला था। मगर जैसे ही हम भीतर पहुँचे...'' वह बोलते-बोलते रुक गया...उसने व्हिस्की का आधा भरा गिलास उठाया और एक ही साँस में पी गया। फिर उसने प्लेट पर रखी मूँगफली मुट्ठी में भरी और जमीन की ओर अपलक देखता हुआ एक-एक दाना मुँह में उछालने लगा।

''तो क्या देखा तूने?'' उसे कुछ न बोलते देख मैंने पूछा।

''गोली नहीं मारी थी, किसी ने काट दिया था। पलंग पर उनका सिर धड़ से अलग पड़ा था। छोटी बहन भी पलंग पर ही थी। वह सो रही थी। उसकी फ्रॉक खून से सनी हुई...''

''ओह!...'' न चाहते हुए भी मेरे मुँह से निकल पड़ा। मैं दहल उठा। कुछ देर के लिए चुप्पी छाई रही।

''क्यों, आने लगी मुझ पर दया। मैं इसीलिए यह बात किसी को नहीं

बताता...'' अपने लिए नया ड्रिंक बनाते हुए वह बोला। वह गलत नहीं था। मैं असहज महसूस करने लगा था।

''और तेरी माँ...वह भी तो साथ थी...''

''माँ ने ही सब सँभाला...लाश के पास वही गई। उसने बहन को गोद में उठाया और हम दोनों को दूसरे कमरे में ले गई...उसके बाद की घटनाएँ मुझे ठीक से याद नहीं...इतना जरूर याद है कि इसके कुछ दिनों बाद हम गाँव लौट आए। बहुत लम्बी रेलयात्रा थी वह... बहुत लम्बी!'' एक क्षण को मुझे लगा कि अब वह शायद रो ही पड़ेगा, लेकिन अगले ही क्षण उसके चेहरे पर मुस्कान तैर रही थी...एक कसैली मुस्कान...

''कुछ पता चला किसने मारा उन्हें, क्यों मारा?''

''कुछ नहीं पता चला, माँ ने कभी कुछ नहीं बताया, न मैंने पूछा। लोगों के मुँह से ही बातें सुनी...कोई कहता था कि जासूसी का चक्कर था, कोई इसे उनके नाजायज सम्बन्ध का नतीजा बताता...'' कहते हुए उसके चेहरे पर उतरा कसैलापन और गाढ़ा हो गया। 'नाजायज सम्बन्ध' उसने कुछ तल्खी के साथ कहा।

पुरुष का प्रेम स्त्री के प्रेम जैसा नहीं होता। स्त्री धारण करती है, पुरुष विसर्जन। पुरुष का प्रेम ज्ञानमार्गी है और स्त्री का प्रेममार्गी। स्त्री परिणामों की परवाह नहीं करती, क्योंकि वह दिल से प्यार करती है। पुरुष पहले परिणामों की चिन्ता करता है, क्योंकि उसके प्रेम की जड़ें दिमाग में होती हैं।

हम दोनों अपना चौथा पैग खत्म कर रहे थे, जब उसने खुद ही प्रेम की यह दास्ताँ शुरू की—

''वह हमारे राजनीतिक संगठन में मेरे साथ ही थी...कॉलेज में मैं दो बार जेल गया था और दोनों ही बार उसी ने मुझे जमानत पर छुड़ाया। बहुत दिलेर लड़की थी वह और शायद उतनी ही दिलेरी से मुझे प्यार भी करती थी। छात्रसंघ चुनाव के दिनों में एक बार हमें रात में शहर में पोस्टर लगाने थे। वह मेरे साथ थी। हम आधी रात के बाद कमरे से निकले और सुबह तीन बजे तक तल्लीताल से मल्लीताल तक पोस्टर लगाते रहे। रात के तीसरे पहर सिर्फ वह थी, मैं था और खामोश झील में उतरा आसमान का स्याह अक्स। वह खामोशी हमारे भीतर उतर गई।''

''काम खत्म कर वह मेरे साथ ही मेरे कमरे में आ गई। हम बहुत थक चुके थे। उसने चाय बनाई। हमने एकदूसरे के आमने-सामने बैठकर चाय पी...झील की खामोशी अभी भी हमारे बीच पसरी हुई थी।'' उसने लम्बी साँस छोड़ी और एक बार फिर एक ही साँस में गिलास खाली कर गया।

''फिर...?'' मैंने अपनी कुर्सी उसके करीब खींच ली।

"मेरे कमरे में एक ही चारपाई थी। सर्दियाँ तब खत्म होने को थीं, मगर रात में रजाई ओढ़नी पड़ती थी। मैंने उसे कहा कि मैं जमीन पर ही सो जाता हूँ...मगर वह नहीं मानी। कहने लगी मैं कैसा कॉमरेड हूँ...खुद पर ही भरोसा नहीं...हम दोनों रजाई में आ गए...कुछ देर मैं करवट बदल कर लेटा रहा। मगर मेरे भीतर जैसे झील की खामोशी शोर करने लगी थी। मेरे मन में बुरे-बुरे खयाल आने लगे। शरीर में तनाव जोर मार रहा था। गर्मी इतनी बढ़ गयी कि मुझे साँस लेने में भी दिक्कत होने लगी...दाज्यू, मैं हार गया। अपने मन के राक्षस से मैं हार गया...आज भी उस क्षण को याद करता हूँ तो सिहर जाता हूँ।" उसने पेशानी पर उभर आया पसीना पोंछा। मैं खामोश बना रहा।

"मैंने पता नहीं कब उसे अपनी बाहों में भर लिया...उसने विरोध किया मगर इतना नहीं कि वह मेरे भीतर के राक्षस को रोक पाती। वासना ने मुझे भी अन्धा कर दिया...मुझमें और किसी सड़कछाप गुंडे में कोई अन्तर न रहा...तूफान जब थमा तो मैंने देखा वह सिसक रही है...मेरे पास उसे कहने को कोई शब्द न थे..." वह अब बीच-बीच में अपनी गर्दन झटकने लगा था।

"फिर?"

"उसके बाद हम सो न सके। देह-सुख का वह मेरा पहला और आखिरी अनुभव था। मेरे मन में तरह-तरह की आशंकाएँ उठ रही थीं। वह सिसकियाँ लेते हुए कब चुप हुई मुझे पता न चला। हम लेटे रहे। वह जाने क्या सोच रही थी। मेरी उससे कुछ बात करने की हिम्मत नहीं हो पा रही थी। खिड़की से रोशनी की पहली किरण के भीतर आते ही वह उठ खड़ी हुई। मैं भी बैठ गया। अचानक उसने मेरा चेहरा हाथों में लेकर चूम लिया। वह बुदबुदाई, 'हेमन्त, आज से मैं तुम्हारी हो गयी। मुझसे शादी करोगे न?' मेरे दिमाग में सायं-सायं हो रही थी। कुछ सूझ नहीं रहा था। मैं चुप रहा। उसने फिर पूछा, 'मुझसे शादी करोगे न!'

"नहीं, अभी मैंने शादी के बारे में कुछ नहीं सोचा।" मेरे भीतर पैठा कॉमरेड जाग गया। मेरा जवाब उस पर जैसे वज्र की तरह गिरा। अचानक उसने मेरे चेहरे से हाथ खींच लिए। क्षणभर को उसका चेहरा विद्रूप हो उठा। मेरे कुछ कहने से पहले ही उसने मेरे गाल पर तमाचा जड़ दिया और बिना कुछ बोले अपना शॉल लपेट बाहर निकल गयी।" एक लम्बी साँस लेकर उसने बोलना जारी रखा।

"कुछ पल को मैं जैसे जड़ हो गया था। अगले दिन उसने मुझसे बात नहीं की। मैं कई दिनों तक परेशान रहा। सोचता रहा कि उसे शादी के लिए हाँ कह देता हूँ, मगर तब मैं विवाह की कल्पना तक नहीं कर सकता था। मेरी उम्र ही क्या थी, मैं इक्कीस-बाईस का रहा हूँगा।"

"लेकिन तुझे इस तरह उसे 'नहीं' नहीं कहना चाहिए था...चित भी तेरा पट

भी तेरा...प्यार में ऐसा थोड़े चलता है यार...उसने आखिर तुझे अपना सर्वस्व समर्पित किया था...'' मैंने गम्भीर होकर कहा।

''मैं एक क्षण में इतना बड़ा फैसला कैसे कर लेता...हालाँकि बाद में कई बार मुझे लगा कि फैसला तो उसने कर ही लिया था...मुझे सिर्फ हाँ भर कहना था और मैं इतना भी नहीं कर सका...''

''जरूर लगा होगा...जब किसी दूसरी ने घास नहीं डाली...समझ नहीं आता, एक ओर तू इतना सैद्धान्तिक है और दूसरी ओर इतना डरपोक... आजकल कहाँ है वह?'' मैंने पूछा।

''साल भर बाद ही उसकी शादी हो गई। वह अँग्रेजी की लेक्चरार...दो बच्चों की माँ...'' वह सिर नीचे किए बोला जैसे जुर्म कबूल कर रहा हो।

''ओह, तो वे उसकी आँखें थीं जिनमें तकलीफ का समन्दर लहराता था...जो तुझे दुनिया को बदलने को उकसाती थीं।'' मुझे अचानक उसके कमरे में लगी गोरख पांडेय की कविता की पंक्तियाँ याद हो आईं। उसने मेरी बात का जवाब नहीं दिया और एक झटके में गिलास की शराब गटक गया...

यह जिन्दगी सम्पूर्णता की कितनी मोहताज है? जरा-सा अधूरापन, दिमाग में पैठ गया जय या पराजय का एक स्थायी भाव, एक अपूरणीय क्षति और जरा-सी अति किस तरह हमारी सोच को गजबज कर जाती है। ऐसा दुनिया में हर शख्स के साथ होता है। हमने अपने देवताओं को भी संपूर्णता नहीं बख्शी, इंसानों की बात क्या करना!

दिल्ली में हेमन्त लम्बे समय तक बेरोजगार रहा। बेरोजगार रहा मगर बेकाम नहीं। गुजरात दंगों के समय अचानक वह दिल्ली से गायब हो गया। कई दिनों बाद उसने फोन पर बताया कि वह महीने भर से गुजरात में था, एक एनजीओ के लिए काम कर रहे अपने दोस्तों के साथ। एक बार वह नेपाल भाग गया। पता चला कि कई माओवादी उसके दोस्त हैं। उन्हीं में से एक दिल्ली आया हुआ था, वह उसी के साथ हो लिया। दिल्ली में वह हर साहित्यिक-वैचारिक गोष्ठी में दिखाई देता या फिर मंडी हाउस में एनएसडी के परिसर में। वहाँ भी उसके कई दोस्त थे।

वह सेमिनारों में भी दिखाई देता। सेमिनार के लिए निमन्त्रण पत्र बाँटने से लेकर, आयोजन स्थल पर सारी व्यवस्था करने और यहाँ तक कि कुर्सियाँ खिसकाने और लोगों को चाय पिलाने का काम भी वही करता। एक बार वर्ल्ड सोशल फोरम के ऐसे ही किसी सेमिनार के दौरान मैंने उससे पूछ लिया—

''पैसा मिलेगा कुछ इस काम का?''

''अब इसके लिए भी क्या पैसा लेना दाज्यू...''

''क्यों...वर्ल्ड सोशल फोरमवालों के पास क्या पैसा नहीं...इतने देशों में इतने

बड़े-बड़े कार्यक्रम करवाते रहते हैं ये लोग? इतने सारे एनजीओ जुड़े हैं इससे?''

''पैसे की छोड़ो दाज्यू, सर्वहारा हूँ, पेट भरने लायक पैसा कमा ही लेता हूँ''

''सर्वहारा तू होगा, अपनी माँ और बहन को भी क्यों सर्वहारा बना रहा है...दोनों आस लगाए रखते होंगे कि दिल्ली में तू नौकरी करेगा...उन्हें पैसा भेजेगा।'' नौकरी को लेकर मैं उसे टोकता रहता था।

''भेजूँगा दाज्यू एक दिन जरूर भेजूँगा, अभी तो मैं खुद दोस्तों के भरोसे हूँ।''

वह वाकई दोस्तों के भरोसे था। लेकिन मैं जानता था कि इस दोस्ती की उम्र दो-चार साल से ज्यादा नहीं। अभी ये लोग युवा हैं, अविवाहित हैं, भविष्य उनके लिए एक रहस्यमय सम्मोहन की तरह है। जीवन में कुछ बनने, कुछ कर गुजरने की उम्मीद उन्हें एक ही दुनिया में बनाए हुए थी। लेकिन कल उन सबकी अपनी-अपनी दुनिया होनी थी, अपने-अपने परिवार, झंझट और अपनी-अपनी मुसीबतें। तब वह क्या करेगा...

इसी बीच हिन्दी के इलेक्ट्रॉनिक मीडिया में क्रान्ति हुई। एक के बाद एक नये खबरिया चैनल खुले और हवा में छा गए। अँग्रेजी को अगर हिन्दी ने कहीं छठी का दूध पिलाया तो वह खबरिया चैनलों के क्षेत्र में ही। हिन्दी के पत्रकारों की मानो लॉटरी खुल गयी। सालों से अखबारों में घुटते-पिसते कुर्ता-पाजामा छाप पत्रकार भी अचानक टीवी स्क्रीन पर सूट-बूट टाई में अवतरित होने लगे। कई पत्रकार तो रातोंरात ही सिलेब्रिटी बन गये। युवा पत्रकारों के बाजार भाव आसमान छूने लगे। पत्रकारिता की चालू समझ, अँग्रेजी का चलताऊ ज्ञान और नेताओं और सिनेमा स्टारों से सवाल पूछते हुए थोड़ी सी बेशर्मी, जिसके पास भी ये तीनों गुण थे, उसे कन्धों पर बैठा लिया गया। चैनलों ने मोटी-मोटी पगार की चमक दिखा देखते-देखते प्रिंट मीडिया के दिग्गजों को अपनी ओर खींच लिया।

हेमन्त को भी अन्ततः खबरिया चैनलों की इस बाढ़ में ही किनारा मिला। जब से उसने मुझे अपने पिता की हत्या के बारे में बताया था, मेरे मन में उसके लिए कहीं सहानुभूति के बीज पड़ गए थे। शायद इसी सहानुभूति के चलते मैंने उसकी नौकरी के लिए लोगों के अहसान सिर पर लिए।

मुझे लगता था कि नौकरी मिलने के बाद सब ठीक हो जाएगा। दो-तीन साल में उसके पास थोड़ा पैसा जमा हो जाएगा। उसकी बहन कॉलेज आ चुकी थी, दो-तीन साल में वह शादी लायक हो जाएगी। उसका घर बसाकर बाद वह खुद भी शादी कर लेगा। माँ को अपने ही साथ रख ले। उसके सामने खुशहाल जीवन के रास्ते खुले हुए थे।

मगर अनुमान के खिलाफ नौकरी ने उसे और बेचैन कर दिया। एक तो उसके साथ के लड़के जहाँ प्रोड्यूसर बनकर तीस-तीस, चालीस-चालीस हजार की पगार

पा रहे थे, वहीं हाइरार्की में उसे बहुत निचले पायदान पर लिया गया था। उसकी पगार भी उनसे चौथाई थी। लेकिन असल बात यह थी कि उसका अपने बॉस से ही तालमेल नहीं बैठ पाया। मैं उसके बॉस को अच्छी तरह जानता था—सदानन्द त्रिपाठी। मैं जानता था कि पत्रकारिता का 'प' भी नहीं जाननेवाला वह किस तरह चाटुकारिता के बूते पर यहाँ तक पहुँचा था। लेकिन हेमन्त की खातिर मुझे उस गधे को भी बाप बनाना पड़ा।

समस्या तब आई जब हेमन्त इसी बॉस के खिलाफ मुझे आए दिन शिकायत करने लगा।

"अव्वल दर्जे का सैडिस्ट है, कहता कुछ है और करता कुछ है।"

"एंकरिंग का मौका मिल रहा था। सबकुछ हो गया था। वॉयस टेस्ट भी अच्छा रहा, मगर वह न्यूज हैड को मेरे बारे में अनाप-शनाप बोल आया। मुझे नहीं लगता कि मैं इसके अंडर काम कर पाऊँगा।"

"उसे हमेशा मेरे ही कामों में खोट दिखता है। मैंने विदर्भ के किसानों पर इतनी मेहनत से स्टोरी बनाई। उसे दिखाई तो कहने लगा मैं पुराने खयालों का हूँ। उसने मुझे 'कौन बनेगा करोड़पति' पर स्टोरी का काम दे दिया। यह प्रोग्राम मुझे जुए से ज्यादा कुछ नहीं लगता। और अमिताभ बच्चन के लिए मेरे दिल में बेहिसाब नफरत भर चुकी है। एक अरब लोगों के इस नायक के जीवन का एकमात्र लक्ष्य पैसा कमाना है। उसने किसी गरीब को चवन्नी तक की मदद नहीं की, हाँ अपने कुनबे की समृद्धि के लिए पत्थरों की मूर्तियों को जरूर वह सोना-चाँदी भेंट करता रहा।"

एक दिन वह भुनभुनाता हुआ मेरे ऑफिस चला आया।

"दाज्यू, आज उसने फिर लेखकों के सेमिनार पर मेरी स्टोरी काट दी। उसे गाजियाबाद में एक नया मॉल खुलने पर स्टोरी चाहिए। बताइये, क्या कहेंगे आप? क्या इतने बुरे दिन आ गए कि मैं मॉल पर स्टोरी करूँ?" वह गुस्से में फनफना रहा था। मुझे उसका गुस्सा नाजायज नहीं लगा। सदानन्द त्रिपाठी दस साल पहले तक एक अखबार के लिए शिकोहाबाद से लोकल खबरें भेजने का काम करता था। वहीं उसने लोकल नेताओं से गुटबाजी की और कुछ सालों में वह यूपी के बड़े नेताओं का करीबी हो गया। अलबत्ता, यूपी के एक मन्त्री के कहने पर ही उसे इस न्यूज चैनल में जगह मिली थी। मैं जानता था कि उसका दायरा लोकल खबरों से बढ़कर दिल्ली के मॉलों तक फैल गया है, मगर पत्रकारिता की तहजीब उसे न थी। मगर फिर भी मुझे हेमन्त का इतना गुस्सा करना अच्छा नहीं लगा। क्या हो जाता? कर लाता मॉल पर स्टोरी। आखिर नौकरी का दूसरा नाम ही समझौता है। आज के जमाने में कौन अपने मन से नौकरी कर रहा है?

"कुछ गलत नहीं कहा उसने, साहित्य की समाज में आखिर जगह कहाँ बची है? मॉल और मल्टीप्लेक्स आज के भारत का नया चेहरा हैं, लोग यही चेहरा देखना चाहते हैं।" मैंने नसीहत दी।

"मगर...खैर छोड़ो, तो आप भी मानते हैं कि कला-साहित्य की चिन्ताएँ मॉल और मल्टीप्लेक्स के सामने कुछ नहीं?" वह अपना गुस्सा दबाते हुए बोला। मेरे प्रति उसके मन में सम्मान ने उसे फटने नहीं दिया।

"मैं ऐसा नहीं कहता, मगर तुझे कभी अपने बॉस की बात पर भी भरोसा करना चाहिए...वह अगर कुछ कह रहा है, तो उसकी कोई वजह होगी...हो सकता है कम्पनी के मालिक ने ही उसे ऐसा आदेश दिया हो...तुझे उसकी मजबूरी भी समझनी चाहिए...पर तू है कि जरा सी बात पर विद्रोह का बिगुल बजा देता है..."

"गलत बातों का विरोध तो किया ही जाना चाहिए..." अब वह अपने मार्क्सवाद की ओर भटकने लगा था।

"बशर्ते कि वह वाकई गलत हो...तू इस गलत-सही के पचड़े में पड़ता ही क्यों है। अपने काम से काम रख...अपनी जगह बना...और अच्छा यही है कि सबसे बनाकर रख...अपने बॉस से तो हर हाल में..."

"दाज्यू, आप समझ नहीं रहे...वह अच्छा आदमी नहीं है।"

"मान लिया वह अच्छा नहीं...वैसे बॉस सारे ऐसे ही होते हैं...कल तू खुद बॉस बनेगा तो हो सकता है कि तेरे मातहत भी तेरे बारे में ऐसा ही सोचें...लेकिन इसका क्या मतलब कि तेरी अपने साथियों से ही नहीं बनती...तू दूसरों में ही दोष देखता रहता है, कभी अपने भीतर भी झाँककर देख...क्यों तुझे पूरी दुनिया अपनी दुश्मन लगती है..."

"लेकिन मेरे साथ अन्याय हो रहा है। पूरे विभाग में मेरी सैलरी में सबसे कम इजाफा हुआ है। मुझसे जूनियरों के प्रमोशन तक कर दिए गए।" शायद सदानंद का दिया अपमान का कड़वा घूँट उसके हलक में फँसा हुआ था।

"अपने बॉस को खुश रखना भी योग्यता का ही हिस्सा है, समझा। सीधी-सी बात है कि तुझमें यह योग्यता नहीं है...इस अयोग्यता का कुछ तो नुकसान उठाना ही पड़ेगा..." मुझे उसके सवालों से खीझ होने लगी थी।

"आप तो जानते हैं कि मुझसे मक्खनबाजी नहीं हो सकती...ज्यादा होगा तो नौकरी छोड़ दूँगा..." उसने हलक में अटका घूँट बाहर उगला और उठकर चला गया। मैंने भी उसे वापस नहीं बुलाया।

लोगों की सबसे बड़ी खासियत यही है कि वे हर शख्स को पहचान लेते हैं। कोई कितना भी शातिर दिमाग क्यों न हो और परोपकारी होने का दिखावा करता हो, उसे लोग वही समझते हैं, जो अपने एकान्त क्षणों में वह वाकई होता है। सिर्फ

दुनिया को दिखाने के लिए धोती पहन लेने से कोई महात्मा कब बन सका है?

इस बात के कुछ ही दिनों बाद सदानन्द त्रिपाठी एक दिन अचानक टकरा गया। अशोका होटल के लॉन में पेंटिंग्स का ऑक्शन था।

"अबे त्रिपाठी! तेरी पेंटिंग्स में कब से दिलचस्पी जाग गई..." मैंने पीछे से उसके कन्धे थपथपाते हुए पूछा। हम दिल्ली में रहते हुए भी दो-तीन साल बाद मिल रहे थे।

"क्या करूँ यार, कला के मामले में नयी पीढ़ी निहायत ही निकम्मी साबित हो रही है। स्टाफ में एक भी ऐसा नौजवान नहीं, जिसे पेंटिंग्स की कोई समझ हो...खुद ही आना पड़ा..." वह मायूस बनने की कोशिश कर रहा था। मगर मैं जानता था कि वह जानबूझकर खुद आया है। आजकल पेंटिंग्स का बाजार गर्म है। शेयर मार्केट में तो वह पैसे लगाता ही था, अब इस धन्धे में भी हाथ आजमाना चाह रहा होगा।

"क्यों भाई, हेमन्त को भेज देता यहाँ। चित्रकारी का बड़ा जानकार है वह। हुसैन और वॉन गॉग का फैन।" हेमन्त के मसले पर मैं उससे दो-चार होना चाहता था। मौका मिलते ही मैंने उसका जिक्र छेड़ दिया।

"अच्छी बला मेरे गले डाल दी यार तूने...तेरे कहने पर उसे काम पर रखा...अब वह मेरी नौकरी खाने पर तुला है। हेकड़ी देख कि काम करने को तैयार नहीं और पिछले हफ्ते सीधे डायरेक्टर के पास पहुँच मेरी शिकायत कर आया कि मैं उसे हैरास करता हूँ...तू बुरा मानेगा, पर मैंने बहुत कोशिश कर ली...वह हमारी कम्पनी में काम नहीं कर पाएगा..." वह फैसलाकुन आवाज में बोला। उस शाकाहारी, शराब और आवारगी से हमेशा दूर रहने वाली शख्सियत को देख मुझे हैरानी हो रही थी कि ये साला खुदा के सामने इतना नेकदिल बना फिरता है, लेकिन असल में सारे अनाचारों का स्रोत है। खुद ताबड़तोड़ पैसा कमाने में लगा है और दूसरों से दो जून की रोटी भी छीन रहा है।

"गलती तो तेरी भी है...तुझे मालूम है न वह वामपन्थी विचारों के करीब है...साहित्य और कलाओं का मुरीद है और तू उसे फिर भी रईसी से गन्धाते मॉल-मल्टीप्लेक्स के मालिकों के पास भेजता है। उसे कला-संस्कृति कवर करने को दे दे, सारा मसला ही खत्म।"

"पता नहीं यार तू उसे कितना जानता है। कला-संस्कृति में भी वह खोट निकाल लेगा। वह दुनिया में किसी चीज की तारीफ कर ही नहीं सकता..."

तभी घोषणा हुई—लेडीज एंड जेंटलमैन प्लीज मूव क्लोज टू द स्टेज, नाउ वी शेल बिगिन द ऑक्शन। त्रिपाठी मुझसे हाथ मिलाकर अपनी थुलथुल तोंद सँभालता मंच की ओर हो लिया। उसके अन्दाज में यह सूचना थी कि वह हेमन्त के

मामले में अपने विचार नहीं बदल सकता।

इस घटना के कुछ ही महीनों बाद मालूम चला कि हेमन्त ने खुद ही नौकरी छोड़ दी। खबर सुन मुझे राहत मिली। त्रिपाठी के अहसान का बोझ जो उतर गया...

मुझे ज्यादा खुशी यह जानकर हुई कि हेमन्त ने नौकरी छोड़ने से पहले खुद ही एक दूसरी नौकरी का जुगाड़ कर लिया था। वह एक ज्यादा बड़े खबरिया चैनल में चला गया, ज्यादा बड़ी पोस्ट पर। तनख्वाह भी पहले से चार गुनी। त्रिपाठी से मिला अपमान उसके लिए 'ब्लेसिंग इन डिसगाइज' साबित हुआ। अब वह जरूर मार्क्सवाद के हाशिए से बाजार की मुख्यधारा में आ जाएगा। अब उसकी चिन्ता करने की जरूरत न थी। बाजार की ताकतें उसे उस मुकाम तक पहुँचा ही देंगी, जहाँ से वह कभी मार्क्सवाद की ओर पलटकर भी न देख सकेगा।

मगर इस नई नौकरी के लिए उसे मुम्बई जाना पड़ा...उसका पसन्दीदा मुम्बई। शुरू में कुछ महीनों तक वह मुझे फोन करता रहा, मगर धीरे-धीरे फोन आने कम हो गए।

मुम्बई मुझे हमेशा से एक सपनों का शहर लगता रहा है, जहाँ समुद्र माहौल में एक रुमानियत तारी किए रखता है। मुम्बई हेमन्त को बदल देगा...शायद वह किसी के प्रेम में पड़ जाए...आदमी एक बार पैसे और प्रतिष्ठा का स्वाद ले ले, तो जीवन भर उसी के पीछे भागता रहता है। हेमन्त अभी नौजवान है...एक अविवाहित, प्यार का भूखा नौजवान...बाजार और बॉलिवुड की चकाचौंध उसका मार्क्सवादी फितूर गटकने में देर नहीं लगाएगी।

अब उससे महीने-महीने बाद ही बातचीत हो पाती थी। एक बार दो-तीन महीनों तक उसका फोन नहीं आया तो एक रात मैंने ही उसे फोन लगाया।

"कहो भाई, मुम्बई क्या गए, दिल्ली बिसरा दी?"

"ओह दाज्यू आप, नहीं ऐसी बात तो नहीं, मगर यहाँ जिन्दगी के बाग में फुर्सत नाम की कोई चिड़िया नहीं। समझ लीजिए कि सुबह होती है शाम होती है, ऐसे ही जिन्दगी तमाम होती है।" वह शायराना अन्दाज में बोला।

"बच्चू, समुद्र किनारे शाम की फिजां में माशूका का साथ मिले, तो वाकई जिन्दगी का पता नहीं चलता। लगता है तू किसी की आँख के समन्दर में उतर चुका है..." मैंने चुटकी ली।

"आँख के समन्दर में नहीं दाज्यू, काम के समन्दर में डूब गया हूँ...चौदह-चौदह घंटे काम करवाते हैं। दिन-रात का हिसाब नहीं रहता..."

"वहाँ तो कोई बॉस परेशान नहीं करता तुझे...?"

"परेशान होने का टाइम नहीं मिलता। वाशी से कोलाबा आने-जाने में बर्बाद हो रहा हूँ। पढ़ना-लिखना सब मुहाल है। मैं एक खाने-पीने हगनेवाले जानवर में

तब्दील हो चुका हूँ।''

''यानी तूने सपनों के शहर को एक पाखाने में बदल दिया, वाह मेरे मार्क्सवादी, अच्छा है हगते रह...पर कभी कब्ज लगी हो तो बात कर लिया कर...'' मैं अपनी बात पर हो हो हँसते हुए बोला।

इसके बाद हमारी फिर कभी बातचीत नहीं हुई। पहले मुझे लगता रहा कि उसे जब समय मिलेगा, वह खुद फोन कर लेगा। फिर धीरे-धीरे भौतिक दूरी हमारे बीच उदासीन होकर पसरती गई। शुरू में कई महीनों तक उसे लेकर मेरी जिज्ञासा बनी रही—क्या वह इतना व्यावहारिक हो गया कि मुझे तक भूल गया...कितनी बार वह मेरे घर आकर रहा...उसे मैंने नौकरी दिलाई...जीवन की राह दिखाई...बुरे दिनों में उसे हौसला दिया और जरा सा पैसा क्या मिलने लगा, उसने सब भुला दिया?

कई बार शराब के नशे में जब मैं उदार होने लगता तो उसे फोन करने का खयाल आता...मगर मैं हरबार नम्बर घुमाते-घुमाते रुक गया...नहीं! फोन वही करेगा मुझे...उसे कभी तो मेरा खयाल आएगा...अजीब भावुक पागलपन था यह।

मैंने फोन नहीं किया और उसका भी फोन नहीं आया। समय हमें दूर करता हमारे बीच से गुजरता रहा। ऐसे ही साल भर गुजर गया। दो साल...तीन साल...एक दिन उसका वजूद मेरे जीवन के हाशिए से भी कूद मारकर समय के समुद्र में खो गया।

इस दुनिया में कोई कितना अकेला हो सकता है? जितना आकाश में तपता सूरज...जितना रात भर जागता चाँद...जितना दीवार पर जड़ा आइना, आत्महत्या का मन बना चुकी एक दुधमुँहे बच्चे की माँ या वह जिसका इस संसार में कोई न बचा हो—पिता न माँ...कोई अपना नहीं!

आज मैं पूरे चार साल बाद हेमन्त से मिलने जा रहा हूँ। वह लोधी कॉलोनी में एक बरसाती में रह रहा है। उसी के एक दोस्त से मालूम चला कि वह वापस दिल्ली आ गया है। मुझे अजीब लगा। दूसरों को खबर है और मुझे नहीं।

मैं हेमन्त से बात करना चाहता था, मगर मेरे पास उसका नम्बर न था। नम्बर मालूम करने में ही मुझे दो दिन लग गए। आखिरकार मैंने उसे फोन लगाया।

''हैलो, हेमन्त!''

''बोल रहा हूँ...'' दूसरी ओर से कुछ रूखी और काम से काम रखनेवाली आवाज आई।

''हेमन्त! मैं चौहान...'' उसकी आवाज की रुखाई देख मैं एक क्षण को झिझका।

''अरे दाज्यू आप!'' वह चहका। मैं आश्वस्त हुआ।

''तू कैसा मार्क्सवादी है, जो पुराने लोगों को भूल गया। दिल्ली लौट आया और मुझे पता तक नहीं...?'' मैंने शिकायत की।

''आपसे मिलने का मन था, मगर दिल्ली में आशियाना ढूँढना इतना आसान नहीं। दस दिन भटका तब जाकर यह खोली मिली है...मगर अच्छी है। सर्दियों के लिए तो बहुत ही अच्छी। आप कल ही चले आओ। इंडिया हैबिटेट सेंटर के पीछे सरकारी कॉलोनी में। मकान नम्बर जी-314। इस मकान में नहीं, इसकी छत पर आना। सीढ़ियाँ खत्म होने तक चलते रहना। खुले आसमान के नीचे बैठेंगे...कल मैं सुबह तीन बजे तक आंगन में ही बैठा रहा...''

''मैं खूब जानता हूँ इन बरसातियों के बारे में। तुझे नहीं मालूम होगा, अरुन्धति रॉय यहीं किसी बरसाती में रही थी। आज देख उसके नाम की धूम मची है...कल तेरे नाम की धूम मचेगी...ऐसी जगह जरूर आऊँगा।'' मैं भी उससे मिलने को उत्साहित था।

अगले दिन मैं शाम ऑफिस से उसकी बरसाती चला गया।

''चीयर्स!'' हमने गिलास टकराए और समय को खोदना शुरू किया। उसने दाढ़ी बढ़ा ली थी, छितरी हुई दाढ़ी, जैसी दार्शनिकों की होती है, फैशन से ज्यादा अस्तव्यस्तता के चलते। वह कुछ कमजोर नजर आया। आँखें भीतर घुसती हुईं। उसके सिर पर बाल भी बहुत कम बचे थे।

''तो तू मुम्बई खुद छोड़कर आया या तेरे चैनल ने भेजा है...दिल्ली से तो कहीं अच्छा है मुम्बई। मुझे मौका मिले तो वहीं सेटल हो जाऊँ।'' मैंने लम्बी घूँट भरी।

''वह नौकरी तो मैंने तीन साल पहले ही छोड़ दी थी...'' वह प्लेट में रखे सलाद में नीबू निचोड़ता हुआ बोला। उसने छत पर दरी बिछा दी थी। वाकई वहाँ ठंडी हवा चल रही थी...ट्रैफिक के शोर से दूर...हम जैसे किसी पहाड़ की चोटी पर बैठे थे।

''लेकिन वहाँ तो बॉस से तेरा कोई झगड़ा न था...सैलरी भी अच्छी थी...तेरा मन भी लग गया था...फिर क्यों छोड़ दी नौकरी?''

''एक ट्रेजडी हो गयी थी...'' अब वह नीबू से अन्तिम बूँद टपकाने की जद्दोजहद में था। ट्रेजडी की बात पर अचानक मुझे उसकी माँ का खयाल आया।

''क्यों माँ तो ठीक है न? और छोटी बहन के क्या हाल है?''

''माँ नहीं रही मगर जाने से पहले वह छोटी बहन का घर बसा गई।'' उसने नीबू का छिलका एक ओर उछाल दिया।

''तो ट्रेजेडी क्या हुई?''

''मुम्बई में कोलाबा में एक लड़की का रेप हो गया था...''

“इससे नौकरी का क्या सम्बन्ध?” इसका आदर्शवाद एक दिन इसे ले डूबेगा, मैं सोच रहा था।

“वह हमारे ही एक साथी कर्मचारी की बहन थी...मैं उसके घर पहुँच गया...घर वालों का बुरा हाल था। रेप पुलिस के एक कांस्टेबल ने किया था। मीडिया तक खबर पहुँचने से पहले ही घर में धमकी भरे फोन आने लगे। मैंने एनजीओ में काम करनेवाले अपने कुछ मित्रों को फोन किया...वे सड़कों पर उतर आए...”

“फिर...”

“उस रात जब ऑफिस पहुँचा तो बॉस ने बुलाया। मुझे चैनल में रात की पाली का हैड बना दिया गया था। उस दिन हमारे पास चलाने को कोई ब्रेकिंग न्यूज न थी...कोई बड़ी खबर न थी...मैंने स्क्रिप्ट बॉस को थमा दी...” गिलास नीचे रख वह अब मूँगफली का पैकेट खोल रहा था।

“बॉस ने स्क्रिप्ट पर नजर डाली और मुस्कराने लगा। बोला, ‘तुम्हारे पास तो आज ब्रेकिंग न्यूज से भी बड़ी न्यूज है...कोलाबा रेप की न्यूज को तुम कम आँक रहे हो...पुलिसवाले ने शराब पीकर रेप किया है न! और रेप से पहले उसने लड़की के बॉयफ्रेंड से कबाब मँगाए थे...तो गुरु ये तो शराब, शबाब, कबाब का अद्वितीय मिश्रण बनता है। चला दो यही लीड—“पेट में कबाब, मुँह में शराब और बाँहों में शबाब” वाह! क्या लाइन है! तुम चाहो तो रात भर इसी रेप की खबर से खेल सकते हो...” उसने लम्बी घूँट भर गिलास खाली किया। अचानक हवा कुछ तेज चलने लगी थी। पिछवाड़े कुछ ही दूर रेल का एक इंजन चीखता हुआ गुजरा।

“मैंने उसे साफ कह दिया कि रेप की खबर को लीड नहीं बना सकता। इतने में मेरी साथी प्रोड्यूसर भी वहाँ पहुँच गयी। बॉस ने पूरा मामला उसके सामने रखा। दाज्यू, आप यकीन नहीं करेंगे उस लड़की ने क्या जवाब दिया।” उसने नया पैग तैयार किया। घूँट भरी।

“मुझसे बोली, सर हमारे पास रेप की पिछली घटनाओं की डिटेल्स हैं। जब भी हमने रेप की कोई सनसनीखेज खबर चलाई है, हमारी टीआरपी बढ़ी है। और कोलाबा में जैसा रेप हुआ, वैसा तो कभी-कभार ही होता है। वी शुड नॉट मिस दिस अपॉरच्युनिटी...” हवा अब कुछ और तेज हो गई थी...कुछ और सर्द। मेरे जिस्म में ठिठुरन भरने लगी थी। मैंने सिगरेट जला ली।

“लड़की होकर ऐसी बात, बहुत घटिया लड़की रही होगी वह...तो तूने चलाई क्या वह खबर...?”

“नहीं! कुछ देर वे दोनों मुझे समझाने की कोशिश करते रहे...वे उसे लीड बनाने को इतने उत्तेजित थे कि मुझे उनसे बहस करना मुनासिब नहीं लगा। मैं घर

लौट गया और वापस ऑफिस नहीं गया...''

''वापस नहीं गया मतलब...? कभी गया ही नहीं...उन्होंने बुलाया भी नहीं? तेरी सैलरी, पीएफ वगैरह...?'' मेरी हैरानगी सिगरेट के लम्बे कशों में बाहर निकल रही थी।

''नहीं मैं कभी नहीं गया...कुछ साथियों के फोन आए...उन्होंने भी लौटने को कहा...ऑफिस से एक चिट्ठी भी आई...मगर मैंने उस ऑफिस में पलटकर कदम नहीं रखा...'' उसकी बात पर मैं सोच में पड़ गया। कुछ देर चुप्पी छाई रही। वह मूँगफली के दानों के साथ खेल रहा था।

''तो नौकरी और तेरा तगड़ा बैर है...लेकिन तू करेगा क्या...नौकरी तो तुझे करनी होगी...'' मैंने फैसला सुनाया।

''नौकरी से ऐसा भी बैर नहीं...मुम्बई में दो साल मैंने एक आर्टिस्ट के स्टूडियो में काम किया...चैनल का काम छोड़ने के बाद मुझे पीने की लत लग गई थी। वाशी में मेरे कमरे के पास ही एक ढाबा था। रोज शाम मैं वहीं चला जाता। एक और बूढ़ा था जो वहाँ रोज आता था। एक दिन वह मेरी मेज पर आ गया। उससे बातें करते हुए लगा कि वह एक दिलचस्प शख्स है। बाद में पता चला कि वह चित्रकारी के शौक का मारा है। जब मैंने उसके सामने पॉल गोगाँ, वॉन गॉग, पिकासो, डाली, गोया और अपने हुसैन का जिक्र किया, तो वह बहुत उत्साहित हो गया। हम रोज मिलने लगे। एक दिन उसने झिझकते हुए मुझे अपने स्टूडियो आने का न्योता दिया। मैं चला गया। वह जरूर कोई खानदानी रईस रहा होगा। उसका अपने घर पर ही स्टूडियो था। उसने स्टूडियो में ही मेज और कुर्सी लगाकर पीने का बन्दोबस्त किया हुआ था। चारों ओर आधी-अधूरी बनी पेंटिंग्स बिखरी हुई थीं। मुझे उसके कुछ सब्जेक्ट्स वाकई बहुत पसन्द आए। उस दिन देर रात तक मैं उसके स्टूडियो में रहा। घर लौटते हुए बूढ़े ने मुझसे बहुत संजीदगी से कहा—बेटा, इस स्टूडियो में आनेवाले तुम पहले आदमी हो। क्या तुम रोज नहीं आ सकते...?'' वह बोलते-बोलते रुक गया। उसने मुँगफली के दाने मुँह में डाले और उन्हें चबाने लगा।

''दाज्यू, इस दुनिया में कितने ऐसे लोग हैं जो गुपचुप काम कर रहे हैं, ख्याति पाने की लालसा से अछूते...वे खुद को नाचीज मानते हैं...क्या वाकई उनकी साधना इस दुनिया के किसी काम की नहीं?'' वह शून्य में ताकते हुए बोला।

''काम की क्यों नहीं...गुपचुप रहना दखल देकर भ्रम फैलाने से तो अच्छा ही है...मगर श्रेष्ठ चीजों के साथ दिक्कत यह है कि वे छिपाए नहीं छिपतीं...अब जैसे उस बूढ़े चित्रकार के स्टूडियो में तू तो पहुँचा न? तू खुद अच्छी पेंटिंग्स का पारखी है...अगर उसकी पेंटिंग्स में दम है तो दो-चार लोगों से बात कर...उन्हें बता उसके

बारे में...खैर, पहले बात तो पूरी कर...फिर क्या हुआ?'' मैं आगे की कहानी सुनने को उत्सुक था।

''फिर उसका स्टूडियो ही हमारा अड्डा बन गया...एक दिन उसने मुझे एक लिफाफा पकड़ाया...मैंने खोलकर देखा। वह नोटों से भरा हुआ था। मैंने उसे लेने से इनकार कर दिया...मगर वह नहीं माना...कहने लगा कि मैं उसकी खातिर रोज स्टूडियो आता हूँ...कोई नौकरी नहीं करता...कि मुम्बई में कोई किसी के लिए इस तरह मुफ्त में खुशी का सबब नहीं बनता...लेकिन मैंने फिर भी इनकार कर दिया...अन्ततः तय हुआ कि उसके स्टूडियो की देखभाल की पूरी जिम्मेदारी ले लूँ ...उसकी सफाई कराना...कम्प्यूटर में पेंटिंग्स का रेकॉर्ड बनाना...उनकी सुरक्षा... रखरखाव...अब शाम की बजाय मुझे दोपहर में स्टूडियो आ जाना था...इसके बदले में उसने हर महीने मुझे दस हजार रुपये देने थे...'' उसने लम्बी साँस खींचकर फेफड़ों में ताजा हवा भरी...

''तो तू उसे छोड़कर यहाँ क्यों चला आया...''

''यहाँ चला आया क्योंकि वह भी अब दुनिया में नहीं रहा...एक दिन स्टूडियो पहुँचा तो देखा वह जमीन पर गिरा हुआ है...उसका दिल धड़कना बन्द कर चुका था। सामने कैनवास पर एक सुन्दर-सी स्त्री का अधूरा चित्र बना हुआ था। तब मुझे खयाल आया कि वह बूढ़ा इस दुनिया में कितना अकेला था। उसके बारे में इतना तो मैं जानता ही था कि वह अविवाहित था। उसके मरने पर मालूम हुआ कि उस सपनों के शहर में उसका एक परिचित तक न था। कोई रिश्तेदार नहीं...कोई दोस्त नहीं। उस बूढ़े की चिता को मैंने ही आग दी...मुझे उसका उलझी हुई दाढ़ी वाला मृत चेहरा बहादुरशाह जफर सा लगा...उतना ही अकेला और उदास...'' हवा अब कुछ ज्यादा ही तेज चलने लगी थी, हमारे कानों में सांय-सांय करती। मैंने फिर एक सिगरेट सुलगाने की कोशिश की, पर नाकामयाब रहा। माचिस की रगड़ लगते ही हवा तीली को बुझा देती।

''इस हवा से जीतना मुश्किल है, चलो अन्दर कमरे में चलते हैं,'' उसने एक साँस में गिलास खाली किया और सामान उठाने लगा।

हमारा दिल एक खाली कैनवास ही है, जिस पर हम आँखें मूँदकर हमेशा कुछ न कुछ बनाते रहते हैं। हर नया दिन पुरानी तस्वीरों को पोंछ देता है, मगर इस तरह नहीं कि वे हमेशा के लिए मिट ही जाएँ। उसकी लकीरें धुँधली पड़ जाती हैं। इस कैनवास पर एक मुकम्मल तस्वीर बनाने की ख्वाहिश हम सबके सीने में दबी हुई है।

हम कमरे में आ गए। यह कमरा पहले वाले की तुलना में ज्यादा व्यवस्थित लगा। यहाँ सीलन नहीं थी। साइज में भी यह कुछ बड़ा था। सामान बहुत कम था।

पलंग और कुर्सी–मेज के अलावा सिर्फ एक लकड़ी की अलमारी और आ गयी थी, जिसमें किताबें भरी हुई थीं। अचानक मेरी नजर कोने में पड़े कैनवास पर गई। उसमें एक स्त्री की अधूरी आकृति बनी हुई थी।

''तू पेंटिंग कबसे करने लगा...'' मैं कैनवास की ओर बढ़ा।

''यह मेरी नहीं उसी बूढ़े की पेंटिंग है। यही था उसका आखिरी चित्र...माँ के अलावा उसके जीवन में कभी कोई स्त्री नहीं रही...शायद अन्तिम दिनों में वह जीवन की इसी कमी को पूरा करना चाहता रहा हो...आजकल मैं पेंटिंग करना सीख रहा हूँ...सोचता हूँ हाथ सध जाए तो इस चित्र को मैं जरूर पूरा करूँ...'' सामान मेज पर रख अब वह अपने लिए नया पैग बना रहा था। उस अधूरी कृति को देख अचानक मुझे हेमन्त का प्रेम–प्रसंग याद आया।

''हेमन्त, तुझे क्या नैनीतालवाली लड़की की अब भी याद आती है?'' मैंने उसकी आँखों में झाँककर पूछा।

''छोड़ो दाज्यू, उसे क्या याद करना। जो बीत गई सो बात गयी। अतीत में झाँकने के लिए खाली समय कहाँ है मेरे पास।'' वह चित्र को गौर से देखता हुआ बोला।

''खाली समय...? तूने यहाँ काम करना भी शुरू कर दिया?''

''दूसरों के लिए नहीं अपने लिए...मैं इन किताबों का अनुवाद कर रहा हूँ...बूढ़े के मरने के बाद मैंने यही काम करना शुरू कर दिया...मुम्बई में एक भला प्रकाशक मिल गया...पिछले साल मैंने पाँच किताबों के अनुवाद किये...उसने मुझे दस किताबें और पकड़ा दीं...'' मैं उसकी आँखों में गहरे आत्मविश्वास की चमक देख रहा था। पहली बार मुझे लगा कि तूफान में डगमगाती इस कश्ती को किनारा मिलने को है।

''आप कहेंगे कि यह मुझे क्या नया कीड़ा लग गया...मगर दाज्यू, मैंने भी सोच लिया है, अब नौकरी नहीं करनी...देखिए प्रकाशक ने कितनी बढ़िया किताबें छापी हैं...'' उसने मेज के नीचे से किताबें निकाल मेरी ओर बढ़ाईं। कामू, काफ्का, तोल्सतोय, रिल्के और सीमोन द बउवार...सारे उसके पसन्दीदा लेखक...

''मगर क्या इस तरह तेरा गुजारा चल जाएगा? कल को तेरी शादी होगी...बच्चे होंगे...''

''अब भी आपको लगता है कि मैं विवाहित जीवन का हकदार हूँ...मैं अगले महीने छत्तीस साल का हो जाऊँगा...माँ और बहन का खयाल तो रख नहीं सका...'' कहते हुए उसे खाँसी का दौरा उठा। वह खाँसा। एक बार...दो बार...तीन बार...खाँसी रुकने को नहीं आई...जोर पड़ने से उसका चेहरा एकदम तन गया...गले की नसें बाहर निकल आईं...वह खाँसते हुए दरवाजे से बाहर निकल गया।

मैं अब उसके कमरे का मुआयना कर रहा था...पलंग के नीचे कई पेंटिंग्स पड़ी थीं...जरूर उस बूढ़े चित्रकार की होंगी...तभी दरवाजे के पीछे पोस्टर पर मेरी नजर पड़ी। यह वही गोरख पांडेय वाला पोस्टर था, जिसे मैंने चार साल पहले उसके कमरे में देखा था। मैं उसे करीब से देखने लगा...वह पुराना पड़ चुका था। किनारों से फटने लगा था...लेकिन उसमें गोरख पांडेय की कविता अब भी आसानी से पढ़ी जा सकती थी—ये तुम्हारी आँखें हैं या तकलीफ का उमड़ता समन्दर / इस दुनिया को जितनी जल्दी हो सके बदल देना चाहिए...

एक यूटोपिया है जिसकी रोज हत्या की जा रही है और किसी को इसकी खबर तक नहीं....

मुझे बाहर से उसके खाँसने की आवाज आ रही थी...इस बार लगा जैसे कोई घायल जानवर रिरिया रहा हो। मैं भी बाहर निकल आया। हवा गुस्से में थी। बादल उसके गुस्से को दूर करने लिए बरसने की तैयारी कर रहे थे। हल्की बूँदाबाँदी शुरू हो चुकी थी। आसमान में रुक-रुक कर बादल गरज रहे थे। मैं उसके पास गया। उसने एक हाथ से छत की रेंलिंग पकड़ी हुई थी और दूसरे से अपना गला। उसकी गर्दन अकड़ गई थी। शायद स्पोंडिलाइटिस का दर्द हावी हो रहा था।

वह उलटी कर रहा था। कहीं ज्यादा तो नहीं पी गया। उसकी हालत देख मुझे डर लगा। मैंने उसकी पीठ पर थपकियाँ मारीं।

"दददादाज्यू..." वह शायद मुझे कुछ कहना चाह रहा था। पर मुँह खोलते ही खाँसी फिर शुरू हो गई। मैंने उसकी पीठ पर थपकियाँ कुछ तेज कीं।

"दददादाज्ज्यू...!" उसकी आँखें फटने को हो आईं। वह अपना गला छोड़ उँगली से फर्श की ओर इशारा कर रहा था। मैंने फर्श की ओर देखा। उसकी सारी शराब बाहर आ चुकी थी। खाया-पिया सबकुछ। और तभी आसमान में जबरदस्त बिजली कड़की। चारों ओर अचानक एक चुन्धिया देनेवाली रोशनी गिरी। उस रोशनी में मैंने देखा कि फर्श पर फैला हुआ वह दरिया उलटी का नहीं, उसके खून का था। खून का एक जरा-सा तालाब, जो धीरे-धीरे फैल रहा था।

सफेद रूमाल

वह रात भर सो न सका। पसीना और बेचैनी उसकी नींद के दुश्मन बने रहे। पिछले कई महीनों से उसकी रातें यूँ ही करवटों में कट रही थीं। जाड़ों में कुछ महीने वह पहाड़ में अपने पुश्तैनी घर में रहा...माँ-बाप, बीवी-बेटी के साथ। मगर वहाँ भी घबराहट बनी रही। दिमाग में रह-रहकर बेरोजगारी का नाग फन उठाकर फुँफकारता—बिना आमदनी के कब तक चलेगा? दूध के दाँतवाली बेटी को देखकर वह और चिन्तित हो उठता। उसे छाती पर लिटाए कितनी ही बार वह बिना आँसू रोता रहा था।

उसने करवट बदली। थोड़ी देर निश्चल पड़ा रहा। बत्ती जलाकर घड़ी देखी। पाँच बजने को था। वह उठकर बैठ गया। गर्मियों के दिन थे। इतनी सुबह भी उसे पेशानी और गर्दन पर पसीने का चिपचिपा अहसास हुआ।

वह बिस्तर से उतरा। चिन्ताओं से भरे एक और दिन का आगाज। दो साल से वह बवासीर से त्रस्त है। इस बीमारी के लिए उसकी कुछ साल चली सेल्स की नौकरी जिम्मेदार थी। रोज दिन भर भटकते रहना, एक शहर से दूसरे शहर खानाबदोश-सा जीवन, आराम करने का कोई ठिकाना नहीं, होटलों का मसालेदार खाना, नतीजा यह कि उसके बड़े-बड़े मस्से निकल गये और देखते ही देखते वे फूलकर फटने को हो आए। दर्द के मारे उसका चलना-फिरना मुहाल हो गया। कई महीनों तक वह ऑपरेशन से बचता रहा। उसने दूसरे कम खर्चीले उपाय किए, मगर न दर्द कम हुआ न खून रिसना। उसके पिता ने ही कहीं से बीस हजार रुपये का बंदोबस्त किया और जिद करके ऑपरेशन करवाया। जख्म अभी भरे न थे। पाखाने में वह एक-एक पल भीषण यन्त्रणा में गुजारता था।

उसे छह बजे से पहले गुसलखाना छोड़ देना था। छह बजे उसकी दीदी-जीजा उठते हैं, उसका भाँजा उठता है। उन्हें अगले एक घंटे में निकलना होता है। दीदी-जीजा को नौकरी पर और भाँजे को स्कूल।

जीजा के सामने आने से अब वह कतराने लगा है। आठ महीने से उनका राशन खा रहा है, उनके घर पर रह रहा है। दिल्ली में लोग अब अपने माता-पिता

तक को साथ नहीं रखते। जीजा उससे बात नहीं करते। उसे देखते ही उनकी त्योरियाँ चढ़ जाती हैं।

पाखाने में आज भी खून की धार छूटी। उसने दर्द के तीखे अहसास से ही जान लिया। बाहर निकल वह साथ लगे गुसलखाने में घुस गया। शीशे में कुछ देर तक वह अपना चेहरा देखता रहा, जैसे वह बेगाना हो। दाँत माँजे। याद आया कि आज एक इंटरव्यू देने जाना है। दाढ़ी बनानी होगी। ब्लेड देखा। वह पुराना पड़ चुका था। सोचा जीजा का नया ब्लेड इस्तेमाल कर ले। मगर डर लगा। उन्हें ऐसी बातें अकसर पता चल जाती हैं, चाहे वह कितनी ही सावधानी बरते।

एक दिन सिर दर्द और बेहोशी छाने की शिकायत लेकर वह जब डॉक्टर के पास गया, तो भले आदमी ने सिर्फ कंसलटेंसी फीस लेकर ही कई हिदायतें दे डालीं।

''यह ब्लडप्रेशर है बरखुरदार, इस उम्र में ही तुम बीमारियों का बंडल बन चुके हो। खोखले हो गये हो। सोचना अगर नहीं छोड़ा, तो ब्लडप्रेशर और बढ़ सकता है! डिप्रेशन तुम्हें कहीं का नहीं छोड़ेगा। खुद में आत्मविश्वास पैदा करो।''

वह 'कैसे बढ़ाएँ मनोबल' टाइप किताबें ले आया। मगर कुछ दिनों बाद उसे फिर डॉक्टर के पास जाना पड़ा।

''अब तो जीवनभर तुम्हें दवा लेनी होगी। तुम्हारे ब्लडप्रेशर को कंट्रोल करने का और कोई तरीका नहीं।'' डॉक्टर ने फिर अपनी फीस के नाम पर डेढ़ सौ झटक लिए। उसने फैसला किया कुछ भी हो अब वह डॉक्टर के पास न आएगा।

वह टीवी पर एक पुरानी फिल्म देख रहा था। वही हीरो का विलेन को मारना, हीरोइन से प्यार में पड़ना, उसके साथ गाना गाते हुए नाचना—मनोरंजन के लिए हकीकत से कितनी दूर की दुनिया रचनी पड़ती है—उसने टीवी बन्द कर दिया। स्विच की तार पहले की तरह मोड़कर रख दी। मगर उसके जीजा से कोई बात कहाँ छिपती है। रात खाना खाते हुए घोषणा हुई—''यह घर है कोई सिनेमा हॉल नहीं, आज से टीवी पर कोई फिल्में नहीं देखेगा।''

उस दिन से उसे जीजा के न रहते हुए भी घर की किसी भी चीज को छूने में डर लगता है।

उसने अपना बिस्तर ठीक किया और जूते पहनकर बाहर निकल गया। खुली हवा में उसे राहत मिली। वह इस रिहायशी इलाके के इकलौते पार्क में एक बेंच पर बैठ गया। पिछले कई दिनों से वह रोज यहीं बैठता है, रोज अपने सामने फैला एक जैसा दृश्य देखता हुआ। वहाँ हरी घास पर बूढ़ों का एक दल उसके पहुँचने से पहले ही

योगासन कर रहा होता है। बन्द आँखें, पद्‌मासन की मुद्रा में हाथ घुटनों पर टिके, अंगुलियाँ खुली हुईं और होंठों से ओऽऽऽऽऽऽमऽऽऽऽऽऽ की ध्वनि फूटती। उसका मन हुआ कि वह भी उनके बीच जाकर बैठ जाए। डॉक्टर ने भी उसे योग करने को कहा था। वह उठने को हुआ, मगर अचानक रुक गया। उसकी नजर दो नौजवानों पर पड़ी, जो कदम से कदम मिलाकर पार्क में बने ट्रैक पर दौड़ लगा रहे थे। उन्हें दौड़ता देख उसे कॉलेज के दिन याद आ गए। वह कॉलेज की बास्केटबॉल टीम का कप्तान था। उसकी छह फुट चार इंच लम्बाई ने उसे इस खेल का उस्ताद बना दिया था। टीम गेम होने के बावजूद यह उसके अकेले के दम पर था कि टीम दो दशक में पहली बार स्टेट चैंपियनशिप जीतकर आई थी। तब हर मैच से पहले सभी खिलाड़ी इसी तरह मैदान में लय ताल के साथ दौड़ लगाते थे—उसके पीछे-पीछे।

उन दिनों को याद करते-करते वह भी ट्रैक पर पहुँच गया। उसके कदमों में रफ्तार उतरने लगी। उसने गति बढ़ानी शुरू की। कुछ ही देर में हवा उसके चेहरे पर टकरा रही थी—हल्की सर्द हवा। भरपूर साँस खींचते हुए उसने गति और बढ़ाई। उससे कहीं आगे निकल चुके वे दोनों नौजवान अब उसके करीब आ रहे थे। करीबतर। वह उन्हें लाँघ जाना चाहता था। उन नौजवानों को जिनकी मूँछें अभी उगना शुरू ही हुई थीं। कहाँ वे शहर में पले-बढ़े और कहाँ वह देसी घी-दूध, गाँव के खेतों की ताजा सब्जी और महकता अनाज खाया हुआ। वह उन्हें लाँघ ही जाता...मगर अचानक उसके सीने में तीखी टीस उठी। इतनी तीखी कि उसकी चीख निकलने को हुई। वह सीना दबाकर ट्रैक पर ही बैठ गया...उसकी आँखों के सामने अँधेरा छा रहा था...एक क्षण को उसे लगा कि यह उसके जीवन का अन्त है। आँखों के सामने बूढ़े-चिन्तित पिता का चेहरा उभरा...माँ दिखाई दी...पत्नी और बेटी, जिन्हें वह आठ महीने पहले छोड़कर आया था...क्षणांश भर को उसे खयाल आया कि आज उसे इंटरव्यू भी देना है...वह कुछ देर वहीं बैठा रहा। दर्द धीरे-धीरे कम हुआ।

फिर कभी इस तरह नहीं दौड़ लगाऊँगा। सोचते हुए वह काँपते पैरों पर खड़ा हुआ और घर की ओर चल दिया।

घर लौटकर आया तो दरवाजे पर एक कागज चिपका पाया, जिस पर "अंडे-दूध?" लिखा हुआ था। वह जानता था कि अन्त में लगे प्रश्नचिह्न में जीजा का गुस्सा छिपा है, क्योंकि कल वह बाजार से अंडे लाना भूल गया था। सुबह भाँजे के लिए ऑमलेट नहीं बन पाया होगा। उसे फिर घबराहट होने लगी।

भीतर आकर वह कुछ देर सोफे पर लेट गया। पार्क के दृश्य याद करता हुआ...अगर वह सचमुच मर जाता तो...? उसने उठकर टीवी चालू कर दिया। समाचार आ रहे थे...वित्त मन्त्री ने घोषणा की है कि इस साल भी देश की जीडीपी की विकास दर साढ़े नौ फ़ीसदी रहेगी...अग्नि तीन का सफल परीक्षण, अब भारत चीन की राजधानी पर सीधा मिसाइल अटैक कर सकेगा...अमिताभ बच्चन का एक महीने में तिरुपति का तीसरा चक्कर...छोटे अम्बानी यूपी में लगाएँगे एशिया का सबसे बड़ा बिजली संयन्त्र...लाखों लोगों को मिलेगा रोजगार...

उसने टीवी बन्द कर दिया। किचन में घुसा। एक प्लेट पर ब्रैड रखी हुई थी। उसकी दीदी ऑफिस जाने की हड़बड़ाहट में शायद उसे ढकना भूल गयी थी। उसने छूकर देखा। वह सख्त हो चुकी थी, एकदम पत्थर। उसने एक स्लाइस उठा ली। किसके साथ खाए, कुछ देर उसने सोचा और फिर उसने दाँतों में दबा किसी तरह उसका एक टुकड़ा अलग किया और उसे सूखा ही चबाने लगा।

वह बालकनी में आ गया। खिड़कियाँ खोलीं। सामने दूसरे घर की बालकनी में लड़की बाल सुखा रही थी। लड़की ने बड़ी-बड़ी आँखें उठाईं...उसे देखा... मुस्कराई। उसने नजर फेर ली। मिलाकर क्या करेगा। मगर मन ने एक बार और देखने का आग्रह किया। उसने नजर उठाई। लड़की अब भी उसी की ओर देख रही थी। नजरें टकराईं। चिनगारी उड़ी। उसने मन को दबोचा। परदा वापस खींचा और निढाल होकर बिस्तर पर गिर गया।

लेटा-लेटा वह शून्य ताकता रहा। दरवाजे की घंटी ने उसे उठा दिया। कामवाली थी। दरवाजा खोल वह बैठकखाने में सोफे पर पसर गया। उसे अब कामवाली पर नजर रखनी थी। पिछले महीने जीजा के पर्स से पाँच सौ का नोट गायब हो गया था। सन्देह के घेरे में वह भी आया। मगर अन्ततः कामवाली पर आरोप लगा। तब से उसे उस पर नजर रखने की हिदायत मिली हुई है।

कामवाली ने उसकी ओर रोज की तरह गहरे अर्थ वाली मुस्कान उछाली और किचन में घुस गई। जब भी वह अकेला होता है वह कभी साड़ी का पल्लू कन्धे पर नहीं लपेटती। बेपरवाह होकर उसे कमर में खोंस लेती है।

उससे न पड़ोस की लड़की झेंपती है और न कामवाली। क्यों नहीं झेंपतीं वे? क्या उन्हें लगता है मैं उनके साथ कुछ नहीं कर सकता? कॉलेज में किसी लड़की पर जरा-सी नजर ही उसके गाल सुर्ख कर जाती थी...तो क्या मेरी नजर की वह तपिश अब नहीं रही?

वह सोफे पर निढाल पड़ा सोच रहा है। उसे ऐसी बातें नहीं सोचनी चाहिए। डॉक्टर ने निराशावादी होने को मना किया है...तो क्या सोचे वह...कैसे पॉजिटिव बने?

वह कुछ अच्छा सोचने की कोशिश करने लगा। लेकिन अच्छा क्या सोचे? इंटरव्यू के बारे में सोचने का उसका मन नहीं। पिछले छह महीनों में वह दर्जनभर इंटरव्यू तो दे ही चुका है। वह दीवार पर लगी सूर्यास्त की तस्वीर देखने लगा। समुद्र की लहरों पर गिरती सूर्य की पीली किरणें और चारों ओर फैल रही पीली रोशनी के बीच एक काले साए-सी छोटी सी नाव और उस पर डोलता एक मल्लाह। वह भी क्या ऐसा ही नहीं हो चला...अकेला, डगमगाता...पता नहीं कब गिर पड़े...कब डूब जाए...

फोन की घंटी ने उसे झकझोरा। वह बैठ गया। पिता का ही फोन हो सकता है। इंटरव्यू के दिन वे दिनभर में दस-बारह फोन तो कर ही देते हैं। मन में खीझ उठी। गुस्सा आया। पिता मेरी इतनी चिन्ता क्यों करते हैं? मेरी इस हालत के दोषी वही हैं। इकलौता पुत्र हूँ तो क्या? बचपन से मुझे कुछ ज्यादा ही प्यार करते रहे। उन्होंने दुनिया को मेरे लिए फूलों की सेज बनाने में कोई कसर नहीं छोड़ी। सारा गुस्सा, सख्ती बहनों पर। आज भुगत रहे हैं। चारों बहनें पढ़-लिख कर अच्छे घरों में ब्याह दी गईं। मैं ही नौकरी के लिए दर-दर भटक रहा हूँ...

''हैलो'', वह रिसीवर उठाते हुए बोला। आवाज बुझी हुई।

''दस बजनेवाला है, तैयार हुआ या नहीं...कमीज धोकर प्रेस करवाई...?'' उसके पिता का ही फोन था। अगले पाँच मिनट तक वह हूँ हूँ करता रहा। बीच में एक बार उसे किसी बात पर गुस्सा आया, मगर वह आँखों के रास्ते ही बाहर हो गया, जुबान तक नहीं पहुँचा...आज तक उसने पिता से कभी ऊँची आवाज में बात नहीं की थी। वह जानता है कि इस तरह वह पिता को धोखा दे रहा है। मगर वह खुद को भी तो धोखा ही दे रहा था।

उसे इंटरव्यू के लिए बारह बजे झंडेवालान पहुँचना है। घर से निकला तो मई का सूरज सिर पर चढ़ आया था। पूरा शहर जैसे एक भट्टी में तब्दील हो गया हो। हवा का कहीं कोई सुराग नहीं। उसने अपनी जेब टटोली। वहाँ कॉल लेटर रखा हुआ था। खुली सड़क पर आते ही उसे अफसोस हुआ कि घर से निकलते हुए उसने पानी नहीं पिया। अब खरीदकर पीना पड़ेगा। लंबी बेरोजगारी ने उसे पाई-पाई का मुहताज बना दिया था।

बस स्टॉप पर खड़े उसे आधा घंटा होने को आया, मगर बस का अता-पता नहीं। किसी ने उसे बताया कि दिल्ली और यूपी सरकार की आपसी तनातनी के चलते नोएडा से दिल्ली की बसें चलना बन्द हो गई हैं। अब वह क्या करे? साढ़े दस बज रहा है। यहाँ से झंडेवालान पहुँचने में एक घंटा लगेगा। फिर ऑफिस ढूँढने में भी दस-पन्द्रह मिनट निकल जाएँगे। क्या करे वह? क्या ऑटो ले ले...मगर ऑटोवाला झंडेवालान के अस्सी से कम क्या लेगा। पैसा बचाने का एक ही उपाय

था कि वह किसी से लिफ्ट ले ले।

वह बस स्टॉप से कुछ आगे जाकर खड़ा हो गया। दिल्ली में दोपहिया वाले बिना हेलमेट के किसी को नहीं बैठाते। वह सिर्फ कारों से ही लिफ्ट माँग सकता है। वह झेंप रहा है, मगर मजबूरी में क्या करे। कारें उसके सामने से जूंऽऽऽ जूंऽऽऽ करती गुजर रही हैं। झेंप बाहर को आधी खुली उसकी पूरी बाँह से लिपटी हुई है। उसने लड़के-लड़कियों को कई बार अँगूठा दिखाकर लिफ्ट माँगते देखा था। मगर अंगूठा दिखाने की उसकी हिम्मत नहीं हुई...तभी एक लम्बी कार चींऽऽऽऽऽ करती रुकी। वह दौड़ता हुआ कार के पास पहुँचा। उसके पहुँचने तक कार की पावर विंडो खुल चुकी थी। उसने देखा ड्राइविंग सीट पर कोई महिला थी। धूप का चश्मा लगाए। महिला को देखते ही उसका गला सूखने लगा। सीऽपीऽ...सीऽपीऽ...उसे लगा जैसे आवाज गले में फँस रही है।

''सीपी...कनाट पलेस जाना है...'' किसी तरह आवाज बाहर निकली।

''कनॉट प्लेस! व्हाई नॉट...प्लीज कम इनसाइड। यू आर लकी। जनरली आई डोंट गो वाया सीपी। बट टुडे हेव सम वर्क देयर।'' महिला मुस्कराती हुई बोली। ऐसी लम्बी चमचमाती कार में वह कभी नहीं बैठा था। उसने बाहर से हैंडल पर जोर लगाया मगर दरवाजा नहीं खुला। उसके दिल की धड़कनें बढ़ गईं। क्या सोचेगी यह औरत? दरवाजा खोलना नहीं आता और चला है लिफ्ट माँगने...

''सॉरी...द डोर इज लॉक्ड फ्राम इनसाइड,'' महिला बोली और झुककर उसने लॉक खोल दिया। इस बार जोर लगाते ही दरवाजा खुल गया। उसने गहरी साँस ली।

और अगले ही क्षण वह दूसरी ही दुनिया में था। भीतर पहुँच उसे खिड़की से दिखता तपता सूरज एक दन्तहीन शेर-सा दिखाई दिया। उसकी तीखी किरणें कार के शीशों को भेद पाने में असमर्थ थीं। एसी की ठंडी हवा और परफ्यूम की भीनी-सी गन्ध। ये इसी दुनिया के लोग हैं, जो जहाँ जाते हैं वहीं सुख-सुविधाएँ उनके सामने बिछने को तैयार रहती हैं। उसने सोचा। मन किया कि एक बार जोर की साँस खींचे और सारी खुशबू अपने भीतर भर ले। मगर वह सकुचाया-सा बैठा रहा। कुछ देर चुप्पी रही। उस चुप्पी में उसे एक तनाव घुलता महसूस हो रहा था। उसे लगा महिला उसे घूर रही है।

''सो हैंडसम, तुम लोग अब दिन में भी शुरू हो गए। और यह बस स्टॉप को कब से अड्डा बना लिया...तुम तो होटलों के आगे दिखते थे।'' महिला ने चुप्पी तोड़ी।

बात उसकी समझ नहीं आई।

''जी, मैं समझा नहीं...'' उसने पहली बार महिला की ओर गर्दन घुमाई।

वह पैंतीस-चालीस की रही होगी। चेहरे पर हल्का मेकअप...होंठ मुड़े हुए...शरारत के अंदाज में।

''डोंट ट्राई टू बी इनोसेंट...मैंने तुम्हें स्ट्रिपटीज-शो में भी देखा है...शायद होटल ओबेरॉय में...न्यू इयर ईव की रात...उस दिन भी तुम इतने ही हैंडसम लग रहे थे...'' महिला दोनों हाथों से स्टीयरिंग सँभाले सामने देखते हुए बात कर रही थी।

उसे फिर उसकी बात नहीं समझ आई। होटल ओबेरॉय का उसने नाम तक न सुना था।

''जी, मुझे सीपी जाना है...'' उसके मुँह से निकला।

''सीपी ही चलेंगे डार्लिंग, मुझे सिर्फ आधे घंटे का काम है। आई होप यू डोंट माइंड हाफ एन आर्स वेट...आधा घंटा घर लौटने में लगेगा...बस फिर तुम और मैं होंगे और कोई नहीं। महिला ने अचानक बायाँ हाथ आगे बढ़ाकर उसकी जाँघ पर टिका दिया। हरी नेलपॉलिश लगे लम्बे नाखूनवाली पतली उँगलियाँ वहाँ तबला बजाने के अन्दाज में थपकियाँ मारने लगीं।

वह सकपका गया। उसे मामला गड़बड़ लगा। कहीं ऐसा तो नहीं कि मेरी शक्ल इसके किसी दोस्त से मिलती है।

''जी मेरा नाम घनश्याम है और मैं कुछ महीने पहले ही दिल्ली आया हूँ,'' आवाज अब कुछ साफ हो गयी थी। भरोसा लौट रहा था।

''ओह! तो तुम इस धन्धे में नए हो। यह तो और अच्छी बात हुई। आई लव न्यू गाइज! '' वाक्य अधूरा छोड़ उसने मुँह से सीटी बजाई...लम्बी-सी।

अब उसे मामला वाकई गड़बड़ लगा। इंटरव्यू का समय करीब आता जा रहा था। इस आशंका से कि कहीं यह औरत उसे फँसा न दे वह बेतरह घबरा उठा। उसने दिल्ली की सड़कों पर महिलाओं द्वारा पुरुषों को लूटने की कई खबरें पढ़ी थीं।

''मैडम देखिए मुझे एक इंटरव्यू के लिए जाना है। बस नहीं मिल रही थी सो लिफ्ट माँगी...मुझे आप यहीं उतार दीजिए...'' उसने बात सख्ती से कहनी चाही मगर आवाज में याचना मिल गई।

''डोंट यू वरी, मैं तुम्हें मुँहमाँगी रकम दूँगी, यू माई रॉबिन हुड...'' औरत की आँखों में बेहयाई उतर आई थी।

''मुझे ऐसा-वैसा मत समझिए...आप मुझे लौंडा समझ रही हैं? मैं कहता हूँ गाड़ी रोकिए!'' उसका चेहरा विकृत हो गया। गले की नसें उभर आईं। महिला ने तमतमाई आँखों से उसे देखा और अपना हाथ वापस खींच लिया।

''तो ये गले में सफेद रुमाल क्यों बाँधा हुआ है...इसका क्या मतलब है तुम नहीं जानते क्या? रुमाल न दिखता तो गाड़ी में भी नहीं बैठाती।'' वह भी पलटकर गुस्से में बोली। अगले ही क्षण उसने जोरदार ब्रेक लगाई। चीं ऽऽऽ चीखती कार रुक गई।

वह झटके से बाहर निकला। कार दोबारा चींऽऽऽ करती हुई आगे बढ़ गई।

बाहर निकलकर उसे लगा जैसे वह किसी डरावने सपने से बाहर आ रहा हो। उसने गले से रुमाल निकाल लिया। घर से निकलते हुए उसे रुमाल नहीं मिल रहा था। उसने जल्दबाजी में मन्दिर में किताबों पर लिपटा सफेद कपड़ा उठा उसे गले में बाँध लिया था, ताकि उसकी एक मात्र सफेद कमीज के कॉलर पसीने और धूल से बचे रहें।

तो यह सब इस रुमाल के कारण हुआ... रुमाल बाँधने का मतलब उसे समझ आ रहा था। लोगों के पास किस-किस चीज पर कितना पैसा फूँकने को है। और मेरे पास...उसने रुमाल समेटकर जेब में ठूँस लिया।

वह आसपास देखता हुआ जायजा ले रहा था कि आखिर वह है किस जगह। दिल्ली से वह ज्यादा परिचित न था। उसे कुछ समझ नहीं आया। उसने घड़ी देखी। ग्यारह बज चुका था। उसने दूर से आते ऑटो को हाथ दिया। ऑटो रुका। वह भीतर समा गया। उसके साथ जो हादसा होते-होते रह गया था, उसके बाद उसे सौ-पचास रुपये की ज्यादा परवाह न रह गई थी।

झंडेवालान पहुँच कम्पनी का ऑफिस ढूँढ़ने में कुछ समय चला गया। पसीने से तर-बतर जब वह ऑफिस पहुँचा तो रिसेप्शन पर कई उम्मीदवार कतार में बैठे थे। काम के बोझ से कुछ झुँझलाई-सी दिखती रिसेप्शनिस्ट को उसने कॉल लेटर दिखाया, अपना बायोडेटा थमाया।

वहाँ करीब बीस उम्मीदवार बैठे हुए थे। बारह बजे से शुरू होनेवाले इंटरव्यू दो बजे जाकर शुरू हुए। रिसेप्शनिस्ट ने क्रम से कॉल लेटर्स लगाए हुए थे। इस क्रम में उसका अन्तिम स्थान था। पहला उम्मीदवार इंटरव्यू देकर निकला तो उसे याद आया कि उसे डिप्रेशन और ब्लड प्रेशर की गोली खा लेनी चाहिए। वह उठकर रिसेप्शनिस्ट के पास गया।

''पानी मिल सकता है क्या?'' उसने बॉब कट बालों वाली लड़की से कहा। किसी से कुछ भी माँगते हुए मैं इतना घबराने क्यों लगता हूँ? उसने सोचा और हथेलियों से अपना चेहरा पोंछा। जैसे वह अपनी घबराहट पोंछ रहा हो।

''स्योर सर, अभी मँगवाती हूँ'' लड़की बाअदब बोली।

कुछ ही देर में नीली वर्दी में एक लड़का एक ट्रे में कई गिलास पानी ले आया। सबके सामने दवा खाते हुए उसे झेंप हो रही थी। उसने गोलियाँ गटकीं और अपनी कुर्सी पर आँख मूँद बैठ गया। कुछ देर तक साथ बैठे उम्मीदवारों की आवाजें उसके कान में पड़ती रहीं।

''रिटेल का बहुत बड़ा बिजनेस शुरू कर रही है कम्पनी...पूरे नॉर्थ इंडिया में पाँच हजार दुकानें होंगी...''

"सैलरी पता नहीं कितनी मिलेगी..."

"दस हजार तो मिलनी चाहिए...उससे कम में गुजारा नहीं..."

"मिस्टर घनश्याम, एक मिनट क्या आप यहाँ आ सकते हैं?" अपना नाम सुन वह जैसे नींद से जागा। रिसेप्शनिस्ट उसके सामने खड़ी थी। उसने अपने चेहरे पर हाथ फेरा कि थकान सारी हथेलियों में आ जाए, मगर वह चेहरे पर ही बनी रही। वह उठकर रिसेप्शन काउंटर पर आ गया।

"मिस्टर घनश्याम, आपकी क्वालिफिकेशन क्या सिर्फ ग्रेजुएशन है। क्या आप एमबीए नहीं हैं?" बॉबकट बालोंवाली लड़की हाथ में उसका बायोडेटा लिए पूछ रही थी।

फिर कोई गड़बड़ हुई! सवाल सुनकर भीतर ही भीतर वह अनहोनी की आशंकाओं से भर उठा।

"लेकिन एड में तो आपने सेल्स में पाँच साल का अनुभव माँगा था।" आवाज में भरोसा कम था।

"नो सर, हमने साफ-साफ लिखा है—ओनली एमबीएज इन मार्केटिंग मे एप्लाई।" यह देखिए, हमने एड में सबसे ऊपर अलग से बॉक्स में लिखा है।" कहते हुए लड़की ने एक फाइल में लगी एड की वह कॉपी उसके आगे सरका दी। उसने ध्यान से देखा। लड़की सही थी। मगर मैं कैसे इस बॉक्स को नहीं देख पाया?

"मैडम मगर मेरे पास सेल्स-मार्केटिंग का पाँच साल का एक्सपीरियंस है।" आँखों में फिर से याचना थी।

"सॉरी सर, वी केन नॉट गो अगेन्स्ट कम्पनीज रूल्स।" लड़की ने उसका बायोडेटा उसकी ओर सरका दिया। अब कहने को कुछ नहीं बचा था। उसने बॉयोडेटा पकड़ा और बाहर निकल गया।

वह रिसेप्शन की एसी वाली सुकूनभरी ठंड से निकलकर बाहर की बेदर्द गर्मी में था, बेहोशी में चलता हुआ। रिक्शों, कारों, साइकिलों, ठेलों, तिपहियों, बसों, लोगों के बीच, उनके अभिन्न हिस्से की तरह। वह कदमों के नीचे जमीन रहने तक चलता रहता, अगर एक ब्लू लाइन बस पावर-हॉर्न बजाती चीखती हुई उससे बाल भर दूर न रुकी होती और उसका ड्राइवर उसके कन्धे न झिंझोड़ देता। जिस तरह ड्राइवर ने उसका कन्धा घुमाया और पान मसाले का मुँह में जमा थूक फेंकते हुए बोला, "भाई,

मरने के लिए तेने मेरी ही बस मिली है क्या?'' लोगों को लगा कि वहाँ अब तमाशा होनेवाला है। इतने में ही कई लोग जमा हो गए थे। उसकी कदकाठी देख वे अपेक्षा कर रहे थे कि आज इस ड्राइवर को अच्छा सबक मिलनेवाला है। घूमकर एक सीधे हाथ का देने की देर भर है, यह ड्राइवर वहीं गश खाकर गिर पड़ेगा। मगर उनकी उम्मीदें तब धरी रह गईं, जब उन्हें उसकी आँखों से शोलों की जगह याचना टपकती दिखी और फिर जुड़े हुए हाथों के साथ ''माफ करना भाई साहब, गलती हो गई'' का कातर वाक्य सुनाई पड़ा। ड्राइवर के दिमाग के किसी कोने में उसके लम्बे-तगड़े शरीर को लेकर अगर कोई डर रहा भी होगा, तो वह उसकी कातरता देखकर जाता रहा और उसने अबकी कन्धों पर ऐसा धक्का मारा कि उसका सन्तुलन बिगड़ गया। वह सड़क पर औंधे मुँह गिर पड़ा। पहले से ही बेहोशी में झूल रहा उसका दिमाग यह सदमा बर्दाश्त न कर सका। तपती सड़क पर गिरते ही वह अचेत हो गया।

अगले कुछ क्षणों तक जब वह नहीं उठा तो ड्राइवर घबराया हुआ पलटा, बस स्टार्ट की और इससे पहले कि जनता को माजरा समझ आता, वह बस ले उड़ा।

कार और मोटरसाइकिल वाले उस सड़क से गुजरते रहे। चारों खाने चित्त पड़े छह फुटे उस नौजवान की ओर एक क्षण को जिज्ञासा-भरी निगाह फेंकते। मगर साइकिल और रिक्शेवाले आगे न बढ़ सके। किसी अदृश्य शक्ति ने जैसे उन्हें रोक दिया। साइकिलें सड़क के किनारे खड़ी कर दी गईं, रिक्शे अपनी जगह छोड़ दिए गए। एक रिक्शावाला सुबह से अब तक हुई अपनी कमाई का चौथाई हिस्सा खर्च कर पानी की एक ठंडी बोतल ले आया। अब उसके चेहरे पर ठंडा पानी छिड़का जा रहा है। करीब ही फलों का ठेला लगानेवाला मुसलमान बूढ़ा अपने गमछे से उस पर हवा कर रहा है। एक ने सड़क से उसका सिर उठाकर अपनी गोद में रख लिया। किसी ने उसके जूते-मोजे उतार दिए। इतने लोगों की खुशामद के बीच कुछ ही क्षणों में उसकी पलकों में जरा-सी हलचल हुई।

उसने आँखें खोलीं और खुद को एक हुजूम के बीचोंबीच पा एकाएक घबरा गया। इस घबराहट में वह उठा और लोगों के सवालों को पीछे छोड़ता एक ओर चल दिया। ''पागल है'' उसे पीछे से आवाज सुनाई दी।

काफी दूर निकलने के बाद उसे एक बस स्टॉप दिखा। वह उसकी छाँव में बैठ गया। तभी आसमान में बादल के एक ढीठ टुकड़े के सूर्य के सामने तन जाने से धूप आसमान में लौट गई। बादल के उस टुकड़े की बहादुरी देख दूर-दूर बिखरे दूसरे टुकड़े साथ निभाने उसके करीब आ गये और देखते ही देखते सूरज भैया की सारी गर्मी जाती रही। बादलों को देख हवा से भी रुका नहीं गया। वह चल पड़ी।

बादलों की छाँव और हवा के सुकून भरे स्पर्श का उस पर असर हुआ। उसे

याद आया कि पिछले कुछ मिनटों में उसके साथ क्या-क्या हुआ। इंटरव्यू में उसे अँग्रेजीदां लड़की का 'सॉरी सर, वी कैन नॉट गो अगेन्स्ट कम्पनीज रूल्स' कहना याद आया। उसे याद आया कि किस तरह बाहर निकल उसके दिमाग में अपने घर पहुँचने के दृश्य उभरने लगे थे। जीजा का त्योरियाँ-चढ़ा चेहरा, दीदी का बार-बार पूछना 'बता उन्होंने क्या कहा' और भाँजे का मजाक—'अपने मामा ग्रेट हैं, नौकरी-फौकरी नहीं, वे फिल्मों में काम करेंगे। अमिताभ बच्चन से कम नहीं अपने लम्बे मामू!' इसके बाद उसे हॉर्न की तेज आवाज और पहियों का चीखना याद आया। एक आदमी का उसे धक्का देना और फिर वह अँधेरा, जो गहरा होता गया।

उसने फैसला किया कि वह इतनी जल्दी घर नहीं लौटेगा। घर की एक चाबी उसके पास थी। जीजा और दीदी से बचने का यही उपाय था कि वह देर रात लौटे और बेआवाज दरवाजा खोलकर अपने कमरे में समा जाए। लेकिन अभी वह क्या करे, कहाँ जाए? वह सोच रहा था कि सामने से प्रगति मैदान की एक बस आती दिखाई दी। यह सोच कि थोड़ी देर प्रगति मैदान घूम सकता हूँ, वह उसमें सवार हो गया।

प्रगति मैदान में ट्रेड फेयर लगा हुआ था। वहाँ बेतहाशा भीड़ थी। वह भीड़ में घुस गया। भीड़ के साथ चलते हुए उसने कई स्टॉल देखे। देशी-विदेशी कारों का स्टॉल, जहाँ उसे बित्ते-बित्ते भर स्कर्ट पहने मुस्कराती लड़कियाँ दिखीं। उसने टीवी, फ्रिज, फर्नीचर, हाउसहोल्ड गुड्स, कॉस्मेटिक्स आदि के स्टॉल पर स्टॉल देख डाले। एक स्टॉल पर उसे घरों में रोजमर्रा के जीवन में इस्तेमाल होने वाले छोटे-छोटे उपकरण दिखाई दिए। उसे नीबू निचोड़ने की एक छोटी-सी मशीन बहुत पसन्द आई। अपने मोटापे से त्रस्त उसकी दीदी रोज नीबू पानी पीती थी। मगर नीबू निचोड़ने में उसे बहुत परेशानी होती। अंगुलियाँ दर्द करने लगतीं और अक्सर उसके जीजा को यह काम करना पड़ता। अगर यह मशीन ले गया, तो जीजा और दीदी बहुत खुश होंगे—उसने सोचा और काउंटर पर व्यस्त लड़की से उसके दाम पूछे। पचास रुपये! उसने सुना और अपना फटा हुआ पर्स टटोला। उसमें मात्र पैंतीस रुपये थे। अचानक उसे इंटरव्यू के लिए अपने ऑटो से जाने का बहुत पछतावा हुआ। ऑटो से न जाता तो वह यह मशीन खरीद सकता था। वह मन मसोसकर रह गया।

वह मेले से बाहर निकल आया। घड़ी देखी। सात बज रहे थे। अब क्या करे? वह सड़क के किनारे फुटपाथ पर चलने लगा। कुछ ही देर में अँधेरा घिर आया। उसके देखते-देखते सड़क के दोनों किनारों पर लगे लैम्पपोस्ट जगमगा उठे। गाड़ियों की हैड लाइट्स ऑन हो गईं। वह चलता रहा। प्रगति मैदान से सीधी सड़क पर चलते हुए वह पुराना किला लाँघता चिड़ियाघर के सामने पहुँच गया। वह

इस जगह को पहचानता है। एक बार दीदी और भाँजे के साथ वह यहाँ आया था। वहाँ कोई हलचल न थी। वह सीधा चलता रहा। उसे सुन्दर नगर के आलीशान मकान दिखाई दिये। लोगों के पास कितना पैसा है। एक-एक कोठी रोड़ों की तो होगी ही। एक मैं हूँ बत्तीस का होकर भी एकदम कंगला। मंजुला भी क्या सोचती होगी, किससे शादी की। और मेरी प्यारी बेटी, उसका क्या कसूर है? झूठ है कि लड़कियाँ लक्ष्मी होती हैं। मेरे पास कहाँ है लक्ष्मी? पाँच साल की नौकरी में जितना कमाया वह साल भर की बेरोजगारी में उड़ गया। बवासीर भी मुझे ही होना था। और यह जो मेरे दिल के पास दर्द उठता है...इतना तीखा...कहीं मुझे दिल की कोई बड़ी बीमारी तो नहीं? दिल को देखने भर का डॉक्टर लाख रुपये तो ले ही लेंगे। क्यों न मैं वापस लौट जाऊँ अपने गाँव...कम से कम माँ-बाप के साथ रहूँगा...इस उम्र में उन्हें मेरी जरूरत है....वहाँ अपनी जमीन है...ठीक से खेती करूँ तो खाने-पीने लायक वहीं से निकल जाए...मंजुला कितनी बार कह चुकी है लौट आने को...स्कूल में पढ़ाकर दो हजार तो वह भी कमा ही रही है...मैं एक दुकान खोल लूँगा...इतना बहुत है गुजारे के लिए...मानसिक सुकून तो मिलेगा...नहीं नहीं, गाँव लौटना कायरता है। मैंने मंजुला से कहा था कि इस बार दिल्ली से पैसा कमाकर ही लौटूँगा। मगर पैसा कैसे कमाऊँ?

वह सोचता हुआ चलता जा रहा था। सड़क के दोनों ओर घने नीम के पेड़ थे। आसमान में बादल अब पूरी तरह छा गये थे। वे बीच-बीच में गरज उठते। चलते-चलते वह एक फ्लाईओवर के करीब पहुँच गया। यह डीपीएस मथुरा रोड के ठीक सामनेवाला फ्लाईओवर है। उसे समझ नहीं आ रहा था कि वह उस पर चढ़े या नीचेवाली सड़क ले। उसे फ्लाईओवर पर चढ़ना बेहतर विकल्प लगा। वह इस पुल के बीच पहुँचकर कुछ देर सुस्ता लेगा, उसने सोचा और कदम बढ़ाए। मगर ठिठक गया। दाहिनी ओर रोशनी से नहायी एक विशालकाय इमारत खड़ी थी। उसकी छत पर नियॉन लाइट में चमक रहे साइनबोर्ड पर उसने पढ़ा—होटल ओबेरॉय। उसे यह जाना-पहचाना नाम लगा। मगर उसे इस जान-पहचान के सूत्र नहीं मिल रहे थे। उसने दिमाग पर जोर डाला।

ओह! तो यही है वह होटल! यहीं दिखा था उसे मेरा हमशक्ल कोई—सफेद रुमाल के साथ। उसे सुबह मिली औरत याद आ गयी। उसकी नजर होटल के सामने बने बस स्टॉप पर पड़ी। वहाँ इक्का-दुक्का लोग खड़े थे। सड़क पर नजर दौड़ाई। ट्रैफिक सर्राटा गुजर रहा था। वह रेलिंग पर बैठ सुस्ताने लगा।

हवा अब तेज हो गई थी और पहले से कुछ ज्यादा ठंड भरी भी। तभी बारिश शुरू हो गयी। भीगने से बचने के लिए वह भागा। स्टॉप की छत के नीचे पहुँचकर ही वह रुका। उसकी साँस तेज चल रही थी।

सफेद रुमाल उसके गले में बँधा हुआ था।

नगर पुरुष

उसे सुबह उठने में आज फिर देर हो गई। "अब तक तो बच्चे स्कूल जाने लगे होंगे..." उसने सोचा। दीवार घड़ी आठ बजा रही थी। "चलो, आज भी रहने दो पर ऐसे कब तक चलेगा..." वह सोचता हुआ बैठकखाने आ गया। रोज यही होता था। सुबह की नींद जल्दी उठने का संकल्प तोड़ देती। रात देर तक जागने से सुबह चाहकर भी उसकी आँख नहीं खुल पाती थी। बैठकखाने में पहुँच वह चाय का इन्तजार करने लगा। थोड़ी देर में उसकी पत्नी चाय ले आई।

चाय का पहला घूँट भर उसने मुँह पिचकाया जैसे कि उसके मुँह में कोई नामुराद चीज आ गयी हो।

"इस घर में सुबह की चाय भी ताजा नहीं मिल सकती," वह बड़बड़ाते हुए उठा और किचन में घुस गया।

"कभी सुबह ताजा चाय भी दे दिया करो।" उसने पत्नी से कहा। आवाज में तल्खी थी।

"मैंने सुबह ही तुम्हारे सिरहाने चाय रख दी थी, तीन बार तुम्हें जगाया। तुम उठे ही नहीं।" पत्नी उबले आलुओं के छिलके निकालते हुए बोली। उसने बर्तनों के बीच से चाय का भगोना निकाला और खुद चाय बनाने लगा। उसकी नाराजगी बर्तनों की खनखनाहट में सुनाई दे रही थी। किचन की खिड़की से बाहर झाँकते हुए उसने भगोना चूल्हे पर चढ़ाया। बाहर दिसंबर की हल्की धुँध दिखाई दे रही थी। ऐसा खूबसूरत मौसम देख उसे फिर अफसोस हुआ कि वह सुबह घूमने न जा सका। इस मोटापे को कैसे कंट्रोल किया जाए? उसे चिन्ता हुई। उसका पेट अब खासा बाहर झाँकने लगा था।

"जरा दूध लेकर आना", उसने आवाज लगाई। फिर उसने महसूस किया कि चार कदम दूर फ्रिज से वह खुद भी दूध ला सकता था। लेकिन तब तक उसकी पत्नी दूध ले आई। चाय ले वह फिर बैठकखाने में आ गया। सोफे पर धँसते हुए उसे यह देख अच्छा लगा कि मेज पर सभी अखबार करीने से रखे हुए थे। अखबार

वाला इन्हें कूड़े की तरह बालकनी में फेंक जाता था। उसकी पत्नी ही उन्हें उठा मेज पर ठीक से रखती। अब तक घूमने जाने के द्वन्द्व से बाहर आ चुका था। उसने उत्सुकतावश हाथ में लिया अखबार खोला। उसकी पत्नी भी मेज की दूसरी ओर आ अखबार पढ़ने लगी। उसने आँख उठाकर बीबी की ओर देखा। उसके हाथ में हिन्दी का एक अखबार था।

"दस साल हो गए कहते-कहते कि अँग्रेजी का अखबार पढ़ो, यह महानगर है कोई गाँव-कस्बा नहीं। पर कूप-मंडूपों का क्या? कितनी मल्टीनेशनल्स में इंटरव्यू दिए, हर बार अँग्रेजी खा गयी। मेरी बला से।" उसने मन ही मन सोचा। उसकी आँखों में हिकारत थी। वह अखबार पढ़ने लगा।

"सुनो, आज मीतू के स्कूल में पीटीएम है। मुझे ऑफिस थोड़ा जल्दी जाना है, तुम जा सकोगे मीतू के स्कूल?" उसकी पत्नी पूछ रही थी। वह सुना-अनसुना कर अखबार में नजरें गड़ाए रहा।

"ऑफिस में ऐसा भी क्या काम आ पड़ा कि तुम आधे घंटे के लिए मीतू के स्कूल भी नहीं जा सकती?" वह लम्बे वक्फे के बाद बोला। आवाज में तल्खी मौजूद थी।

"आज हमारी कम्पनी की मन्थली मीटिंग है। साढ़े नौ तक पहुँचना है। माँ की तबीयत खराब है, नाश्ता भी मुझे ही बनाना है। तुम ऑफिस जाते हुए एक चक्कर लगा लेना ना!" पत्नी अनुनय कर रही थी।

"हूँ..." वह अखबार के पन्ने पलटते हुए बोला।

"पीटीएम में जाना इतना जरूरी भी नहीं," उसने जैसे फैसला सुनाया हो।

"हम मीतू के पिछले पीटीएम में भी नहीं जा पाए थे। आजकल इसके मार्क्स भी अच्छे नहीं आ रहे। एक बार क्लास टीचर से मिल लेते तो अच्छा रहता।" पत्नी ने अभी उम्मीद नहीं छोड़ी थी।

"इतना ही जरूरी समझती हो तो खुद ही चली जाओ न! तुम्हें मालूम है सुबह मैं कितना बिजी रहता हूँ। अखबार देखने तक की फुर्सत नहीं। सुबह टाइम पर घर से नहीं निकला तो ट्रैफिक जैम में फँस जाता हूँ। कभी मेरी मुश्किल के बारे में भी सोच लिया करो।" आवाज की तल्खी अब गुस्से में बदल रही थी।

पत्नी ने कोई जवाब नहीं दिया। वह उठी और चुपचाप किचन में घुस गयी। सुबह इतने काम होते थे कि वह पति से बहस में नहीं उलझना चाहती थी।

ऑफिस जाते हुए उसने एक पल को सोचा कि चाहता तो वह बेटी के पीटीएम में जा सकता था। सिर्फ बीस मिनट की तो बात थी। उसे थोड़ा पछतावा हुआ। इस पछतावे को उसने कार चलाते हुए सिगरेट के धुएँ में उड़ा दिया। तभी उसकी बगल

से एक लाल रंग की मारुति निकली। कार कोई युवती चला रही थी। अनायास ही एक्सीलेटर पर उसके पाँव का दबाव बढ़ गया। उसे एक युवती का इस तरह आगे निकलना नागवार लगा। पर आगे ट्रैफिक बहुत था। वह चार-पाँच किलोमीटर तक उससे आगे निकलने की कोशिश करता रहा, पर लाल कार उसकी पहुँच से बाहर जा चुकी थी। दफ्तर पहुँचने तक उसका मूड कुछ उखड़ चुका था। संयोग से दफ्तर में घुसते ही उससे शालिनी टकरा गयी। सुन्दर, सुशील और चंचल शालिनी, उससे दस बरस छोटी। कितना ग्रेस है उसके व्यक्तित्व में। खुद को कैरी करने का कितना मोहक अन्दाज। उसे देखते हुए उसने सोचा।

''सर!..'' उसे यह सम्बोधन पसन्द न था। वह कई बार शालिनी को कह चुका था कि वह उसे कन्हाई पुकारे।

''सर, आज पिताजी आपके एड की तारीफ कर रहे थे।'' लिफ्ट में घुसते हुए शालिनी ने कहा। लिफ्ट में दोनों अकेले थे।

शालिनी के प्रति उसका आकर्षण तीन साल पुराना है। उसके ऑफिस में सभी की किसी न किसी से सेटिंग थी। विज्ञापन कम्पनी में यह कोई बड़ी बात न थी। बहिर्मुखी और उच्च पदों पर आसीन तथाकथित क्रिएटिव उस्तादों की एक से नहीं कई-कई मातहत लड़कियों से सेटिंग थी। खुद उसका बॉस अपनी पीए पर फिदा था और दफ्तर से लौटते हुए सरेआम उसे अपनी कार में बैठा ले जाता था। कहाँ, यह कोई नहीं जानता। शालिनी मगर बदस्तूर उससे दूरी बनाए हुए थी। पहले साल वह अपनी शराफत से शालिनी को लुभाने की कोशिश करता रहा। जब बात नहीं बनी तो उसने हरसम्भव अतिरिक्त सुविधाएँ दे उसे खींचना चाहा। जब इससे भी कुछ न हुआ तो उसने खिन्न हो कई महीनों तक उसे परेशान किया। शालिनी उससे तीन स्तर नीचे थी। यानी एक तरह से वही उसका प्रशासनिक बॉस था। वह उसकी छुट्टियाँ रोकने लगा। कई बार उसने छुट्टी के दिन भी उसे ऑफिस बुलवाया। पर फिर भी बात नहीं बनी। अब वह ऐसी कोशिशें छोड़ चुका था। पर उसके मन में कहीं गहरे अभी भी उसके प्रति खिंचाव था। आज लिफ्ट में उसके साथ अकेले कुछ क्षणों के सान्निध्य ने उसे अधीर कर दिया।

उस दिन उसे घर लौट मालूम चला कि उसकी पत्नी खुद ही पीटीएम हो आई थी। ऑफिस से लौट वह पैग बना फिर कंप्यूटर पर काम करने लगता। क्या करता, प्राइवेट नौकरी में गलाकाट प्रतिस्पर्धा थी। देसाई और श्रीवास्तव को इसीलिए निकाल दिया गया कि रहेजा अकेला ही उनसे ज्यादा काम करने लगा था।

उसकी पत्नी अभी तक घर नहीं लौटी थी। वह उसकी मन्थली मीटिंग के बारे में जानने को उत्सुक था। रात नौ बजे वह घर पहुँची।

''आज इतनी लेट कैसे हो गयी? तुम्हारी मीटिंग का क्या हुआ?'' उसने

उसके कमरे में घुसते ही पूछा।

“मैं वहाँ लेट पहुँची। एचआर के मिस्टर घोष बहुत नाराज हो रहे थे। पर ऐसी भी कोई बात नहीं हुई।” उसकी पत्नी खुश थी। कम्पनी ने आज उसे दो हजार का गिफ्ट दिया था। उसे खुश देख वह भी खुश हुआ।

“तुम्हें मालूम है आज तारीख क्या है?” पत्नी पूछ रही थी। पूछते हुए उसकी आँखों में हल्की शरारत उतर आई थी। यह एक दुर्लभ दृश्य था। तभी उसे खयाल आया कि आज उनके विवाह की सालगिरह थी। अचानक उसे रीढ़ में हरारत उठती महसूस हुई। आज का दिन सेलीब्रेट करना चाहिए। उसने सोचा। उसे समझ नहीं आया कि वह क्या करे? उसने जेब से एक हजार रुपये का नोट निकाला और घुटनों पर झुकते हुए उसे अपनी पत्नी के चरणों पर रख दिया। उसकी अदा पर पत्नी मुस्करा उठी।

“कितना खटती है परिवार के लिए। संस्कार ऐसे मिले हैं कि पति की हर जरूरत का लिहाज करती है। वह नाहक ही उस पर गुस्सा करता रहता है।” उसने एक पल को सोचा। वह उदार हो रहा था। पत्नी अपनी देह की गंध छोड़ किचन में जा चुकी थी। वह नए उत्साह से कम्प्यूटर पर विज्ञापन की रूपरेखा बनाने लगा। यह एक बड़ा सरकारी प्रोजेक्ट उसकी कम्पनी के हाथ आया था। विज्ञापन की रूपरेखा वह आज ही तैयार कर लेना चाहता था। वह डेढ़ घंटा उसी में उलझा रहा। इस बीच वह कई पैग पी गया। आखिरकार सुरूर से भरा वह खाने की मेज पर पहुँचा। उसकी आवाज में हल्की हकलाहट उतर चुकी थी।

“मोहतरमा, हमेशा किचन में ही छिपी रहती हो, कभी सामने भी आ जाया करो।” किचन में उसकी पत्नी रात के बर्तन माँज रही थी। वह मजाक के मूड में था। उसे आज सालगिरह होने की बात रह-रहकर याद आ रही थी। उसने महसूस किया कि उसे भूख भी लग आई थी।

“खाना थोड़ा गरम कर दूँ क्या?” उसकी पत्नी ने भीतर से ही आवाज लगाई। आवाज में सरोकार था। उसे अच्छा लगा।

“रहने दो, तुम मेरे करीब बैठो तो खाना खुद ही गरम हो जाएगा।” वह खुश होकर चिल्लाया। उसका मन हुआ कि वह उठकर पत्नी को चूम ले। पर माँ अभी जागी हुई थी।

“आज मैं इसे प्रेम से सराबोर कर दूँगा,” खाना खाते हुए वह उन्माद में सोचता जा रहा था।

खाना खाकर वह एक बार फिर कम्प्यूटर पर काम करने लगा। कल उसे किसी भी हाल में इस विज्ञापन का प्रेजेंटेशन देना था। एक करोड़ का सवाल था। पर थोड़ी ही

देर में थकान उस पर तारी होने लगी। इस बीच उसकी पत्नी मीतू को होमवर्क करवाने बेडरूम में जा चुकी थी। कुछ ही देर में वह भी कम्प्यूटर बन्द कर सोने चला गया। बेडरूम में बिस्तर पर किताबें बिखरी हुई थीं। कैंची से काटे गए चार्ट पेपर के टुकड़े फैले हुए थे। गोंद की ट्यूब खुली रह गई थी। उसकी चोंच से गोंद रिसता हुआ चादर पर फैल रहा था। उसकी पत्नी मीतू को शायद स्कूल का कोई प्रोजेक्ट करवा रही थी। लगता था दोनों काम करते-करते ही सो गये थे।

''ये स्कूल वाले भी बच्चों को इतना काम क्यों देते हैं,'' उसने खिन्न होकर सोचा और सारा सामान समेट पास पड़ी कुर्सी पर डाल दिया। बिस्तर पर आ उसने पत्नी और बेटी को कम्बल ओढ़ाया। फिर उसने धीमे से पत्नी की पीठ थपथपाई।

''सो गई क्या...'' वह फुसफुसाया।

''हूँ...'' उसकी पत्नी की क्षीण आवाज आई। वह थोड़ा आश्वस्त हुआ। उसका हाथ पत्नी की कमर के नीचे खिसक गया। वह दोबारा फुसफुसाया—

''इधर मुड़ो न!''

उसकी पत्नी कुनमुनाती हुई उसकी ओर पलट गई।

''भई, कभी हमसे भी कुछ बातें कर लिया करो। तुम्हें तो ऑफिस से लौटते ही सोने की होती है।'' वह पत्नी का सिर अपनी छाती पर खींचते हुए बोला।

कितना थक जाता है वह। प्रमोशन के बाद काम बहुत बढ़ गया है। ऊपर से पीआर की जिम्मेदारी भी उसके सिर डाल दी गई थी। ओफ्फ, इस तरह कैसे चलेगा! वह सोच रहा था। घर पहुँच फिर से काम पर जुटना पड़ता है। पत्नी का भी यही हाल है। वह सोच रहा था और उसकी उँगलियों में उतरी शरारत निस्पन्द पड़ रही थी। उधर उसकी पत्नी उसकी छाती पर उँगलियाँ फिराने लगी थी। प्यार जताने का उसका यह अपना ही तरीका था। वह अब पति की सालगिरह को सेलिब्रेट करने की इच्छा पूरा करना चाहती थी। पर तभी उसे कमरे की निस्तब्धता में जाने-पहचाने खर्राटे की आवाज सुनाई दी।

नगर पुरुष सो चुका था!

बचपन का दोस्त

बारह साल बाद अचानक किसी दिन आपका कोई बचपन का दोस्त मिल जाए तो कैसा लगेगा? आप खुश होंगे...बहुत खुश होंगे...मैं भी खुश था...बहुत खुश... हरिया मुझे बारह साल बाद मिलने वाला था। हरिया यानी हरिदत्त पांडे, मेरे बचपन का दोस्त। अभी थोड़ी देर पहले ही उसका फोन आया था। मैं उसकी आवाज नहीं पहचान सका। कैसे पहचानता? बारह साल में बहुत कुछ बदल जाता है। इंसान भी, आवाज भी।

उसने रेलवे स्टेशन से फोन किया था। बहुत हड़बड़ाहट में लगा। कह रहा था ऑफिस आ जाएगा मिलने। मैंने उसे घर आने को कहा। उसने बताया कि उसे इन्दौर जाना था, दोपहर तीन बजे की ट्रेन से। मगर अभी तो पौ फूटे ज़्यादा देर नहीं हुई। मैंने घड़ी देखी। साढ़े छह बजने को था। पत्नी बेटे को उठा चुकी थी। अब अगले आधे घंटे में उसे स्कूल भेजने की तैयारी करनी थी। मैं सारे काम समय पर निपटाना चाहता था। कम से कम आज तो बेटे की स्कूल बस नहीं छूटनी चाहिए, नहीं तो पन्द्रह किलोमीटर दूर उसे स्कूल छोड़कर आने में ही मुझे घंटा-डेढ़ घंटा लग जाता और इस बीच क्या मालूम बेचारा हरि घर पहुँच जाता और अकेला बोर होता रहता।

बेटे को बस में बैठाकर मैं घर नहीं लौटा। हरि को मकान ढूँढने में दिक्कत हो सकती है, यह सोचकर मैं अपार्टमेंट के गेट के पास ही सड़क किनारे एक पिलर पर बैठ गया। दिल्ली का सुबह का जीवन मेरे सामने फैला हुआ था। मैंने सड़क पर नजर दौड़ाई। अभी भी कई जगह छोटे-छोटे बच्चे माता-पिताओं के साथ खड़े अपनी स्कूल बसों का इन्तजार कर रहे थे। सड़क पर इस वक्त गाड़ियाँ कम थीं। मेरी नजर सामने एक यूकेलिप्टस पर जा अटकी। इतना बड़ा पेड़! पहले तो नहीं दिखा कभी!

कई चीजें थीं जिनकी ओर मेरा पहले कभी ध्यान नहीं गया था। सड़क के दोनों ओर दो-तीन साल पहले लगाए गये चौड़े पत्तेवाले पौधे युवा हो चुके थे। सामने एक अधबनी सोसायटी के कुछ फ्लैटों की बालकनियों पर कपड़े सूख रहे

थे। अरे! तो यहाँ लोग आकर रहने भी लगे। सड़क के दोनों ओर कभी खुले नाले बहते थे, मगर मैंने देखा कि उन्हें सीमेंट के स्लैबों से ढक दिया गया था। एक क्षण को मुझे गहरा सुकून महसूस हुआ, दिल्ली के इस पॉश इलाके का स्थायी रिहायशी होने का सुकून!

मेरी नजर दाहिनी ओर मुख्य सड़क पर लगी रही। हरि को वहीं से आना था। पाँच मिनट...दस मिनट...पन्द्रह...बीस...अब तक तो उसे पहुँच जाना चाहिए था। मुझे बेचैनी होने लगी। वैसी ही बेचैनी जैसी कॉलेज के दिनों में पुस्तकालय की सीढ़ियों पर अनामिका का इन्तजार करते हुए होती थी। हरि पहली बार दिल्ली आ रहा था। रेलवे स्टेशन पर कैसे-कैसे शातिर बैठे रहते हैं, कोई उसे ठग सकता है। मुझे चिन्ता होने लगी। तभी मुझे सामने से एक ऑटो आता दिखा। ऑटो नजदीक आया तो मैंने दूर से ही देख लिया कि उसमें एक अकेला आदमी बैठा हुआ है। मुझे लगा शायद वही है, मैं उठकर खड़ा हो गया। लेकिन ऑटो बिना रुके आगे निकल गया।

मैं निराश होकर दोबारा बैठने ही वाला था कि एक दूसरा ऑटो आता दिखा। वह मेरे सामने रुका और इससे पहले कि मैं कुछ सोच पाता हरि मेरे सामने था।

"अरे रामचन्दर, तू बाहर ही आ गया...माफ करना देर हो गयी...कैसा है यार तू" वह मेरी ओर लपकता हुआ बढ़ा और अगले ही क्षण हम एक-दूसरे से लिपट गए।

इतने सालों बाद हरिया से मिलकर मैं आत्मविभोर था। मेरी आँखों से आँसू गिरने लगे। यकीन मानिए, उन चन्द लम्हों को शब्दों में बयाँ नही किया जा सकता। हम देर तक एक-दूसरे से लिपटे रहे।

"हरि यार, तू तो आज भी वैसा ही पतला-दुबला है। भाभी पेटभर खाना नहीं देती क्या?" सोफे पर जमते हुए मैंने पूछा। हम दोनों घर आ गए थे। पत्नी ऑफिस जा चुकी थी। घर पर सिर्फ माँ थी। हरि ने माँ को देखते ही झुककर प्रणाम किया। वह विद्यार्थी जीवन में भी ऐसा ही सुसंस्कारवान था।

"मैं तो बचपन से ही ऐसा हूँ यार। मगर तू जरूर थोड़ा मोटा हो गया है, नहीं?" उसने जवाब दिया।

"भाभी घर पर नहीं है क्या?" हरि दीवार पर लगी मेरी और शालिनी की हनीमून की बड़ी तस्वीर देखते हुए पूछ रहा था। उसे तस्वीर देखता देखकर मुझे खयाल आया कि अपनी शादी में मैं हरि को नहीं बुला पाया था। मैंने याद करने की कोशिश की, आखिर हरि को कैसे भूल गया। वैसे शादी मैंने की बहुत अफरातफरी में ही थी। बारात में भी बमुश्किल बीस लोग बुलाए थे।

"भाभी की छोड़ यार, ये बता कि तू है कैसा? कहाँ है, क्या कर रहा है, शादी कब की, कितने बच्चे हैं, तेरी बहनों की शादी हो गई क्या..." मैं उससे जल्दी-जल्दी बहुत कुछ जानना चाहता था।

"तीन की हो गई, सबसे छोटी बची है। उसे खुद ही शादी करना मंजूर नहीं। आजकल मेरे साथ ही रहती है। तुम लोग तो बी.एससी. के बाद ही बाहर चले गए, लेकिन मैंने पहले इंजीनियरिंग के चक्कर में दो साल बर्बाद किए...फिर एम.एससी. में ही दाखिला ले लिया...दो साल बी.एड. में लग गए...नौकरी मिली तो धारचूला पटक दिया गया...चार साल वहीं रहा...तीन साल पहले हल्द्वानी तबादला हुआ है..."

"मैं तो दस साल से दिल्ली में ही सड़ रहा हूँ...पिछले साल लन्दन में नौकरी का जुगाड़ बन रहा था, पर क्या बताऊँ, समझ ले बात बनते-बनते रह गयी...सही मौकों पर किस्मत ने मुझे हमेशा दगा ही दिया यार..."

"तूने शादी कब की?" माँ हमें चाय के कप थमा चुकी थी। मैंने चाय की चुस्की लेते हुए पूछा।

"नौकरी लगते ही शादी भी हो गई यार, माँ की जिद थी और बहनें भी नहीं मानीं।"

"बहुत जल्दी हो गई तेरी शादी, बच्चे कितने हैं तेरे?"

"दो बेटियाँ हैं, एक पिछले साल ही हुई है।" हरि कहते हुए कुछ झेंप रहा था।

"बेटे के चक्कर में सबकी बेटियाँ हो जाती हैं, लेकिन फिर भी दो बच्चे जरूरी हैं यार, अच्छा किया तूने फटाफट दो कर लिए। अपना तो एक बेटा है। अच्छा, मनोज का कुछ अता-पता है, कॉलेज के बाद वह गधे के सींग की तरह गायब हो गया।" मैंने पूछा। मनोज भी हमारे विद्यार्थी जीवन का साथी था।

"तेरा नम्बर मुझे मनोज से ही तो मिला यार, वह आगरा का डीएम है, उसके भी दो बच्चे हैं, एक लड़का और लड़की। अभी महीने भर पहले ही हल्द्वानी में हमारे पड़ोस में एक शादी थी। वहीं टकरा गया। बाराती बनकर आया था। खूब पिए हुए था। इतनी जोर से गले लिपटा...इमोशनल होकर जाने क्या-क्या बोलता रहा...यार हरिया, तेरी बहुत याद आती है, हमने कित्ते शानदार दिन बिताए हैं एक साथ। लेकिन ये महेश और आशुतोष, ये साले विदेश जाते ही अपने यारों को भूल गए। वह तिवारी दिल्ली क्या गया, जैसे प्रधानमन्त्री ही बन गया..." हरिया मनोज के अन्दाज की नकल उतारते हुए बोला। मुझे हँसी आ गयी। वह स्कूल में भी उसकी खूब नकल उतारा करता था।

"अच्छा, खुद वह जैसे सुदामा का अवतार हो। मुझे उसका नम्बर दे, साले

को अभी फोन लगाता हूँ...'' मैंने गुस्सा होने का अभिनय करते हुए कहा।

''छोड़ यार, बाद में करना उसे फोन, तेरा बेटा कहीं दिख नहीं रहा...''

''यहाँ तुम्हारे पहाड़ों जैसा नहीं कि धूप आने तक कोई कुछ करने को तैयार ही न रहे। सब सुबह-सुबह ही निकल लेते हैं घर से, वह गया अपने स्कूल। अब दो बजे लौटेगा।''

''तू ऑफिस कब निकलेगा...मैं तेरे ऑफिस ही चलता हूँ...वहीं से रेलवे स्टेशन चला जाऊँगा।'' हरि मुझे कुछ घबराया हुआ लग रहा था।

''ठीक है यार, मेरे ऑफिस ही चलना। चल आ, उधर बालकनी में बैठते हैं, थोड़ी बहुत दिल्ली वहाँ से भी दिख जाएगी। अच्छा रुक जरा, तुझे पहले ये घर दिखाता हूँ...पिछले साल ही खरीदा है। तब लगा था कि बहुत महँगा ले लिया, पर अब सोचता हूँ अच्छा हुआ जो ले लिया...जानता है कितनी कीमत है इसकी अब?''

''कितनी?''

''पचपन लाख!''

''ये देख, यह हमारा मास्टर बैडरूम है...पहले बहुत छोटा था, पूरा तोड़कर दोबारा काम करवाया, यहाँ पहले एक गैलरी थी, उसे भी मैंने कमरे में ले लिया...अब तो बहुत बड़ा हो गया यह कमरा...पूरे पाँच लाख खर्च किए इंटीरियर पर...'' मैं उसे घर दिखा रहा था।

''दिल्ली में घर खरीदकर अच्छा किया तूने...बहुत अच्छा घर है...वाह, क्या सुन्दर बालकनी है...'' हम बालकनी में आ गये थे।

''चल यहीं बैठते हैं, दूसरी ओर एक और कमरा है, वह माँ के पास है। बाथरूम और टॉयलेट अटैच्ड है, पूजाघर के लिए भी उसमें जगह निकल आई...अच्छा...तो तेरी नौकरी तो ठीक ही चल रही होगी। पढ़ाता क्या है, साइंस ही पढ़ाता होगा, शुरू से ही साइंस और मैथ में उस्ताद था...क्या यार, उम्र गुजरने का कोई अहसास ही नहीं हुआ, नहीं! अभी कल तक तो हम खुद विद्यार्थी थे...'' मैंने सिगरेट जला ली।

''सच कह रहा है यार, टाइम का कुछ पता नहीं चला। अपनी तो लाइफ बहुत बोझिल हो गयी है, सुबह स्कूल जाओ, शाम को घर आ जाओ। समझ ले इंटर के दिनों में अपने नित्यानन्द मास्साब जैसा हाल है। उस बन्दे ने पूरी उम्र स्कूल और घर में ही गुजारी होगी और एक दिन बेचारे रास्ते में ही चल बसे...फर्क इतना ही है कि मैं उनकी तरह ट्यूशन नहीं पढ़ाता। तिवारी, मैं जरा जूते उतार दूँ यार...बहुत बदबू मारेंगे...बाहर ही रख आता हूँ'' हरि जूते उतारने बाहर जाने लगा। मुझे लगा हरि कंफर्टेबल नहीं महसूस कर रहा।

"अरे यार छोड़ बदबू-सदबू, यहीं उतारकर रख...और तू फ्रेश हो गया क्या...जा फ्रेश हो ले...बाथरूम खाली है, नहा भी ले, मैं गीजर ऑन कर देता हूँ...तौलिया दूँ..." मैं उठने को हुआ। मगर हरि ने हाथ बढ़ाकर मुझे रोक दिया।

"बैठ यार, हम लोग बातें करते हैं, कहाँ नहाने में समय नष्ट करूँ। मैं स्टेशन पर ही फ्रेश हो गया था..." और हम बातें करते रहे, करते रहे...समय कम था और कहने-पूछने को बहुत ज़्यादा। अचानक मेरी नजर घड़ी पर पड़ी। दस बजने को आया था और ग्यारह बजे मुझे ऑफिस पहुँचना था। मैंने हरि से माफी माँगी और उठ खड़ा हुआ। झटपट नहाया, तैयार हुआ। हमने जल्दी-जल्दी नाश्ता किया। मुझसे ज़्यादा हरि चिन्तित हो रहा था।

"मेरे चक्कर में तुझे देर हो गयी..." सीढ़ियाँ उतरते हुए उसने अपनी ग्लानि व्यक्त की।

"तेरे चक्कर में नहीं यार, यहाँ रोज यही होता है। सुबह-शाम ऐसी ही मारामारी लगी रहती है।" मैं उसे ग्लानि से मुक्त करना चाहता था।

"अनामिका के क्या हाल हैं, कभी मुलाकात हुई उससे?' हरि ने उत्सुकतावश पूछा। घर में माँ थी, इसलिए शायद उसने ऐसी-वैसी बातें नहीं कीं, लेकिन कार में अब वह मेरे साथ अकेला था। हम अब खुलकर बातें कर सकते थे।

"पता नहीं कहाँ है यार वह। लेकिन मुझे लगता है कि उससे कभी न कभी जरूर मुलाकात होगी। उसे अच्छा लड़का ही मिला होगा। पर यार, हम भी तो इतने बुरे नहीं निकले, अपना घर है, गाड़ी है, शालिनी अपने लिए अलग एक नयी गाड़ी लेनेवाली है, हमें ठुकराकर उसने भी कुछ खोया ही होगा..." मैंने निःश्वास भरते हुए कहा। हरि जानता था कॉलेज के दिनों में अनामिका का मुझ पर कैसा जादू था।

"तुझे सच बताऊँ, अब भी वह कभी-कभार सपनों में आ जाती है.." मैंने कहना जारी रखा।

"तुझे याद है एक बार जब उसने मुझे अपनी तस्वीर दी थी तो कैसे मैं दौड़ा-दौड़ा तेरे घर आया था, जैसे कि मैंने दुनिया फतह कर ली हो। जैसे उसने मुझे अपनी तस्वीर नहीं, अपना जीवन दे दिया हो...कभी मिलेगी तो जरूर पूछूँगा आखिर हमसे क्या भूल हुई, जो ये सजा हमको मिली.." हिन्दी गाने की इस अन्तिम पंक्ति को मैंने गुनगुनाने की कोशिश की। हरि मुस्करा दिया।

"तिवारी, तू ज़्यादा बदला नहीं। वैसा ही जिन्दादिल है। आजकल भी तेरा कोई न कोई चक्कर तो चल ही रहा होगा...क्यों?" वह मेरी पीठ ठोकते हुए बोला। हरि के सवाल पर मैंने लम्बी साँस खींची।

"इश्क के बिना जीना कैसा..." मेरे होंठों पर रहस्यभरी मुस्कान थी।

"यार कभी सोचता हूँ कि अपना जीवन तो ऐसे ही गुजर गया...अब दोबारा

तो जीवन मिलेगा नहीं...'' हरि कुछ उदास होकर बोल रहा था।

''मैं अपने दाँत भी नहीं बचाकर रख सका। बचपन में कभी ब्रश नहीं किया। टूथ पेस्ट खरीदने तक को पैसे नहीं रहते थे। अब भुगत रहा हूँ...आधे दाँत टूट चुके हैं। दिल किसी से नहीं लगाया, लेकिन दिल की बीमारी ने मुझे ही पकड़ना था। मेरा बीपी बहुत हाई रहता है यार। दो साल से दवाई ले रहा हूँ।'' हरि ने जेब से दवाई निकालकर दिखाई।

''पिछले साल लखनऊ गया था, वहाँ एक दिल का मशहूर डॉक्टर है। कह रहा था कि ऑपरेशन करना होगा। तीन लाख लगेगा। इतना पैसा कहाँ से आएगा यार। दवाई से ही काम चला रहा हूँ। तेरे साथ अच्छा है कि भाभी नौकरी करती है। सुनीता एम.ए., बी.एड. है, उसने भी दो-तीन साल कोशिश की, लेकिन फिर गृहस्थी के चक्कर में ऐसे फँसे कि अब तो सोचना भी छोड़ दिया है...'' हरि का हाथ अपनी छाती पर था। जैसे इस वक्त भी उसका दिल दर्द कर रहा हो। उसकी बात सुन मुझे सदमा लगा। हम क्या वाकई इतने उम्रदार हो गये थे? मैंने हरि के चेहरे को देखा। वह एक थका हुआ चेहरा लगा। आँखों के नीचे त्वचा काली पड़ने लगी थी, उसके गालों की रेखाएँ भी मुझे कुछ ज़्यादा गहरी लगीं। सिर पर बाल बहुत कम रह गए थे। मटमैले स्वेटर में वह और भी दयनीय लग रहा था।

''यार, तुझे क्या बताऊँ, शालिनी के ऑफिस के चक्कर में कितनी परेशानी उठानी पड़ती है। मेरा बेटा पाँच साल का होने को है, लेकिन हम दूसरे बच्चे के बारे में सोच भी नहीं सकते। अपनी ओर से मैं कई बार शालिनी को कह चुका हूँ, लेकिन उसका कहना भी ठीक ही है, माँ बनने के लिए उसे नौकरी छोड़नी होगी और बिना उसकी नौकरी के हमें महीने-दो महीने में ही घर नीलाम करना होगा। मालूम, तीस लाख का लोन है मेरे सिर पर।'' मैंने अपना रोना रोया।

गाड़ी तेज भगाने के बावजूद मैं ऑफिस समय पर न पहुँच सका। लिफ्ट से ऊपर जाते हुए अचानक मुझे खयाल आया कि आज शुक्रवार है। शुक्रवार को 12 बजे एक अहम मीटिंग होती है। मैं हरि को अपना ऑफिस दिखाना चाहता था, मगर अब मुझे लग रहा था कि उसे बेकार ही यहाँ ले आया।

पाँचवे माले पर जब हम दरवाजे से घुसे तो सुरक्षा गार्ड ने सलाम बजाया। गलियारे से गुजरते हुए हरि थोड़ा घबराया हुआ लगा। चारों ओर छोटे-छोटे वर्क स्टेशन बिछे हुए थे...टेबल, उन पर रखे कम्प्यूटर और आगे एक अदद कुर्सी। मैंने गौर किया कि हरि थोड़ी-थोड़ी देर में दाहिने हाथ से अपनी छाती भींच रहा था।

''अबे, सुबह से ये बार-बार दिल क्यों थाम रहा है? किसका दर्द लिए बैठा

है वहाँ,'' गलियारे से निकलते हुए मैं उसके कान में फुसफुसाया। जवाब में उसने मुस्कराने की कोशिश की, बोला कुछ नहीं।

मैंने अपनी मेज पर पहुँच कम्प्यूटर चालू किया।

''यही है भाई अपना ऑफिस, कैसा लगा?'' मैंने हरि से पूछा। वह गलियारे में ही कुर्सी खींचकर बैठ गया था। ऑफिस में अभी भीड़ कम थी, मगर मैं जानता था कि कुछ ही देर में उसे गलियारे से कुर्सी हटानी होगी।

''अच्छा चल कैंटीन चलकर चाय पीते हैं।'' मैंने सीट से उठते हुए कहा। मैं अब हरि को लेकर चिन्तित होने लगा था। उसकी ट्रेन तीन बजे थी। तो क्या वह तब तक यहीं रहेगा? मुझे 12 बजे मीटिंग में उपस्थित होना था।

''यार, तुझे कभी-कभार तो फोन करना चाहिए। फोन नहीं तो एसएमएस ही कर दिया कर कभी।'' मैंने उससे शिकायत की। हम कैंटीन में आ बैठे थे।

''अब से फोन जरूर करूँगा, पर एसएमएस करना मुझे नहीं आता। तू सिखा दे यार, हल्द्वानी में किसी से पूछते हुए भी शर्म आती है...'' हरि बहुत भोलेपन से बोला।

''तेरे पास मोबाइल तो है न, यहाँ लाया है क्या,'' मैंने उससे पूछा। मैं कैंटीन से जल्दी लौट जाना चाहता था। मीटिंग शुरू होने में बमुश्किल पन्द्रह मिनट बाकी थे। मुझे चिन्ता हुई कि एसएमएस करना सिखाने में ही दस-पन्द्रह मिनट खर्च हो जाएँगे।

''पिछले महीने ही लिया यह मोबाइल। ये देख...'' हरि ने बनियान के भीतर हाथ डालकर मोबाइल निकाला, कपड़े के थैले में लिपटा हुआ। मैंने उसे एसएमएस करना सिखाया। उसे सीखने में देर नहीं लगी।

''अब सीख लिया है तो कभी-कभी एसएमएस ही कर देना यार,'' मैंने मोबाइल उसे वापस थमाते हुए कहा। चाय पीकर हम वापस मेरी सीट पर आ गए। मैंने कम्प्यूटर चालू कर दिया था। इस बीच गलियारे से किसी ने कुर्सी हटा दी थी। हरि को मेरी सीट के बगल में खड़े होकर बातें करना कुछ अटपटा लग रहा था।

बारह बजने में चन्द मिनट बाकी थे। मैं अपनी सीट से ही कॉन्फ्रेंस रूम में चहल-पहल देख सकता था।

''हरि, मुझे अभी एक मीटिंग में जाना होगा। मीटिंग शायद घंटे भर तक चले। तू चाहे तो यहीं बैठ सकता है, मेरी कुर्सी पर,'' मैंने हरि को मीटिंग के बारे में बता ही दिया।

''नहीं यार, यहां अकेला क्या करूँगा, यहाँ से कनाट प्लेस कितनी दूर है? पालिका बाजार वहीं है न? बहुत नाम सुना है उसका, आज मौका है तो देख ही लूं।'' अचानक मेरा साथ छूटने की बात पर वह कुछ मायूस हो गया था, पर मैं भी

मजबूर था।

"ज़्यादा दूर नहीं है, ऑटो से मुश्किल से बीस मिनट लगेंगे, हाँ, वैसे यही ठीक रहेगा, यहाँ बैठा तू बोर होगा, चल मैं तुझे नीचे से ऑटो दिला दूँ," मैं कुर्सी छोड़कर उठ खड़ा हुआ। मीटिंग का समय हुआ जा रहा था। हम दोनों ही नीचे सड़क पर आ गए। संयोग से वहाँ एक ऑटो पहले से खड़ा हुआ था।

"हरि तुझसे पेटभर बातें तो हो ही नहीं सकीं यार, अब कभी दो-चार दिन की छुट्टियाँ लेकर आ, भाभी-बच्चों को भी साथ लाना, इन्दौर से लौटते हुए टाइम मिले तो एक दिन यहीं रुक जाना, एसएमएस करना तू सीख ही चुका है...कभी-कभार..." मेरे बात पूरी करते-करते ऑटो चालू हो गया।

"जरूर-जरूर, तुझे एसएमएस जरूर करूँगा। चल ठीक है, निकलता हूँ अब...अपना खयाल रखना यार और कभी हल्द्वानी..."

"हाँ, हाँ, जरूर आऊँगा..." ऑटो चल पड़ा। मैंने हाथ हिलाकर उसे विदा किया।

हरि से मुलाकात मेरी दिनचर्या के तालाब में एक कंकड़ गिरने जैसी ही घटना थी। कुछ देर के लिए लहरें उठीं और फिर सब पहले जैसा ही शान्त हो गया। मैं फिर अपनी दिनचर्या में डूब गया। कहीं अचेतन में यह बात जरूर थी कि हरि शायद अब कभी-कभार मुझे फोन किया करेगा।

करीब महीने भर बाद एक दिन सुबह-सुबह मेरा मोबाइल बज उठा। स्क्रीन पर 'हरि कॉलिंग' फ्लैश हो रहा था। ओह! तो हरि को मेरी याद आ ही गयी, लेकिन इतनी सुबह-सुबह!

"भाईसाहब, मैं हल्द्वानी से सुनीता बोल रही हूँ, हरिदत्तजी का हार्ट अटैक से देहान्त हो गया है।" मेरे हैलो बोलते ही दूसरी ओर से आवाज आई और फोन कट गया। मैंने सुना और वहीं सोफे पर धँस गया। मैं सकते में था। हरिया मर गया? नहीं! नहीं! ऐसे कैसे कोई मर सकता है। चालीस की उम्र में पहाड़ी आदमी को हार्ट अटैक! कहीं ऐसा तो नहीं कि हरिया को मजाक की सूझी हो, बचपन के दोस्त होने के नाते हम एक-दूसरे से मजाक तो कर ही सकते थे। लेकिन फोन तो सुनीता ने किया था। मेरी कुछ समझ नहीं आ रहा था। तभी मुझे मनोज का खयाल आया। हरि से मैंने उसका नम्बर ले लिया था। अगले ही क्षण मैं उसे फोन लगा रहा था।

"हैलो.."

"हैलो! मनोज! मैं आरसी तिवारी, रामचन्द्र बोल रहा हूँ दिल्ली से। यार, ये हरिया का क्या चक्कर है, मेरे पास उसकी पत्नी का फोन आया था। हैलो..."

“हाँ हाँ बोल तिवारी, क्या बोल रहा है...किसका क्या फोन आया...” मनोज शायद नींद से जागा था।

“हरिया की बीवी सुनीता का फोन था, हरिया हार्ट अटैक से मर गया... तुझे मालूम है कुछ...अभी महीने भर पहले वह दिल्ली में था मेरे साथ। ऐसे कैसे मर सकता है यार वह? यहाँ तो एकदम ठीक था। उसे इन्दौर जाना था...वह मेरे घर भी आया था। हम कई घंटे साथ रहे।” मैं एक ही साँस में उसे सब बता गया।

“हरिया मर गया!...क्या कह रहा यार, इस उम्र में हार्ट अटैक...वह मुझसे एक साल छोटा था। उसकी पत्नी से तेरी बात हुई क्या...” मनोज भी सदमे में था।

“वही तो बता रहा हूँ, उसका फोन आया था, ज़्यादा बात नहीं हुई...।

उसने यही बताया कि हरिया का हार्ट अटैक से देहान्त हो गया...हल्द्वानी में तेरे रिश्तेदार रहते हैं...तू उनसे मालूम कर जरा...और मुझे फोन कर...यहाँ दिल्ली में तो वह मेरे साथ हँसता-बोलता रहा था...समझ नहीं आ रहा यार अचानक...” मैं जैसे खुद से बात कर रहा था।

“ठीक है मैं पता करवाता हूँ...और तू कैसा है यार, मैं दिल्ली आता रहता हूँ...इस बार आऊँगा तो तुझसे जरूर मिलूँगा...”

“हाँ...हाँ...मिलने आना...तू पता करके मुझे फोन कर जरा...” मैं मोबाइल उठाए बालकनी में आ गया...“भाईसाहब, हरिदत्तजी का हार्ट अटैक से देहान्त हो गया है...” मेरे दिमाग में सुनीता का वाक्य गूँज रहा था। क्या सचमुच हरिया मर गया...उसका दिल्ली आना क्या महज संयोग था...यहाँ भी तो वह बार-बार अपनी छाती भींच रहा था...नहीं! नहीं! जरूर कोई गड़बड़ है...

बालकनी में चहलकदमी करते हुए मैं लगातार हरिया के बारे में सोच रहा था...उसका मुझसे गले मिलना...पुराने दिनों की बातें करना...अपनी तकलीफें बताना...तकलीफें...उसे दिल की बीमारी थी...वह लखनऊ गया था...डॉक्टर ने उसे ऑपरेशन के लिए कहा था...मगर हरिया ने ऑपरेशन नहीं करवाया...क्यों? उसके पास पैसे नहीं थे...पैसे कहाँ से होते उसके पास...उसके पिता बहुत पहले ही मर चुके थे...तीन बहनों की शादी भी उसी ने करवाई होगी...एक बहन उसी के साथ रह रही थी...स्कूल मास्टर को तनख्वाह ही कितनी मिलती है...फिर दो-दो बेटियाँ और सुनीता भी हाउस वाइफ थी...कहीं वह दिल्ली मुझसे पैसा माँगने तो नहीं आया...डॉक्टर ने ऑपरेशन जरूरी बता दिया हो...अर्जेंट...लेकिन उसने तो मुझसे पैसे नहीं माँगे...पर कह तो रहा था तीन लाख लगेंगे...

मैंने सिगरेट जला ली थी और धुआँ उड़ाता सोचता जा रहा था...मुझसे मिलने का उसका कुछ तो प्रयोजन रहा होगा...मैं उसका बचपन का दोस्त था...वह कुछ उम्मीद लेकर ही मेरे पास आया होगा...लेकिन उसने मुझसे सीधे-सीधे बात कहनी

चाहिए थी...कैसे कहता...कोई बारह साल बाद आपसे मिले और सीधे मदद की गुहार लगाने लगे...वह साहस नहीं कर पाया होगा...स्वाभिमान...हाँ, वह गरीबी में पला-बढ़ा मगर हमेशा स्वाभिमानी रहा...गरीबों के पास यही तो सबसे कीमती चीज होती है....नहीं! नहीं! ऐसा कुछ नहीं है...वह दिल्ली मुझसे मिलने नहीं आया...वह तो इन्दौर जा रहा था...इन्दौर...

मैंने दूसरी सिगरेट जला ली...मैं अब थोड़ा घबराने लगा था...लेकिन मैंने अपनी दोस्ती का फर्ज अदा किया...उसे घर बुलाया...नाश्ता करवाया...उसे ऑफिस ले गया...उससे खूब बातें कीं...उसे मैं रुकने को कहता मगर मैं मीटिंग तो नहीं छोड़ सकता था...फिर उसे भी तो इन्दौर जाना था...इन्दौर! तो क्या वह इंदौर नहीं गया...अचानक मेरे दिल की घड़कन तेज हो गई। वह इन्दौर गया या नहीं? मेरे दिमाग में यह सवाल अटक गया...

मैंने पसीने से भीगे हाथ में मोबाइल को भींचा...मेरे दिमाग में विचारों का ताँता लगा हुआ था... मुझे पता करना चाहिए...सुनीता को ही फोन करता हूँ...लेकिन क्या ऐसे समय में फोन करना ठीक है? सुनीता अभी बात करने की स्थिति में होगी या नहीं...मोबाइल कोई और भी उठा सकता था...मैं क्या पूछूँगा उससे...नहीं! नहीं! फोन मुझे जरूर करना चाहिए...इस रहस्य को खत्म करने का और कोई जरिया न था...वह इन्दौर गया या नहीं...बस इतनी सी बात पूछनी थी...अगर वह इन्दौर नहीं गया तो इसका मतलब है वह सिर्फ मुझसे मिलने आया था...वह मुझसे पैसों की मदद माँगना चाहता था...उसके लिए मैं ही उम्मीद की आखिरी किरण था... कॉल बटन दब गया....घंटी जा रही थी...मैंने एक और सिगरेट सुलगा ली...

''हैलो...'' मुझे एक स्त्री की कमजोर आवाज सुनाई पड़ी।

''हैलो...मैं हरिदत्त का दोस्त रामचन्द्र तिवारी बोल रहा हूँ दिल्ली से... कौन...सुनीता भाभी बोल रही हैं?''

''हाँ भैया, वो मुझे छोड़कर चले गए...'' और वह रोने लगी। मेरे पास कोई शब्द न थे। वह रोती रही मैं सुनता रहा।

''आपसे मिलने की बड़ी धुन थी उन्हें...खूब बातें करते थे आपकी...मेरा बचपन का दोस्त है...सबसे अच्छा दोस्त...आपका नम्बर मिलने के बाद तो वे खुद को रोक नहीं सके...कहने लगे कि एक दिन के लिए सही मैं उससे मिलकर आता हूँ...''

''हरि इन्दौर गया था क्या...'' मैंने सुनीता को बीच में ही रोक दिया। मेरी घबराहट बहुत बढ़ गयी थी...

''इन्दौर..?''

''हाँ, क्या वह दिल्ली से इन्दौर गया था...'' मैंने सीधा सवाल किया।

''नहीं...इन्दौर क्यों...वो तो रात की बस से दिल्ली गये थे...सुबह वहाँ पहुँचे और रात को ही लौट आए...'' सुनीता के शब्द मेरे कानों में गूँजने लगे...अचानक लगा कि जैसे मेरे सीने में तीखा दर्द उठ रहा था...मैंने अपनी छाती भींच ली...मोबाइल मेरे हाथों से गिर पड़ा...।

मुक्ति की फाँस

वह प्लेटफॉर्म पर अब भागने लगा था। ट्रेन छूटने को सिर्फ दस मिनट बचे थे और उसे यह भी नहीं पता था कि उसे किस डिब्बे में घुसना है। मगर प्लेटफॉर्म पर भीड़ उसे इस तरह भागने की इजाजत नहीं दे रही थी। उसके एक हाथ में सूटकेस था और दूसरे में ब्रीफकेस। कन्धों पर एक बड़ा बैग अलग टँगा था। ब्रीफकेस में उसने सारे जरूरी कागज रखे थे, मकान और निवेश सम्बन्धी। अपनी ओर से उसने बहुत कोशिश की थी कि सुप्रिया के साथ ही रहे, मगर उसका बर्ताव अब बर्दाश्त से बाहर चला गया था। उसे अपने पाँच साल के बेटे की ज्यादा चिन्ता थी, क्योंकि उसे लगता था कि वह पापा से बहुत प्यार करता था और उसके बिना नहीं रह सकेगा।

वह पसीने से तरबतर राजधानी के कूपे में घुसा। जल्दबाजी में उसे फर्स्ट क्लास के कूपे में ही बर्थ मिल पाई थी। सूटकेस के बोझ से उसका दाहिना हाथ बेतरह दर्द करने लगा था। भीतर घुसते ही उसने सूटकेस से मुक्ति पाई। ब्रीफकेस और कन्धे के बड़े बैग को एक बर्थ पर रख वह दूसरी बर्थ पर बैठ गया—लम्बी साँसें भरता हुआ। उसका मन हुआ कि कूपा बन्द करके सिगरेट जला ले, मगर तभी उसे दूसरी बर्थ के नीचे भी एक सूटकेस दिखा। ओह, यहाँ पहले से ही कोई है। वह रुक गया। साँस थमते ही उसने अपनी बर्थ के नीचे अपना सूटकेस और बैग डाला। ब्रीफकेस को उसने बर्थ पर ही रख दिया।

एक दिन पहले ही उसका सुप्रिया से निर्णायक झगड़ा हुआ था। ऐसा कि उसने फैसला कर लिया, इस बार लौटकर नहीं आऊँगा। उसने सूटकेस और बैग में झटपट चीजें भरीं और घर से निकल पड़ा। रात उसने एक होटल में गुजारी। उसे क्षीण-सी ही सही पर उम्मीद थी कि सुप्रिया उसे फोन करेगी। मगर उसका फोन नहीं आया। उसने इसका यही अर्थ लगाया कि सुप्रिया को उसकी सचमुच कोई चिन्ता नहीं थी। उसका गुस्सा और बढ़ गया।

उसका गुस्सा अब भी बना हुआ था। अच्छा ही हुआ। मुझे पहले ही यह कदम उठा लेना चाहिए था। अगर नहीं पटती तो नहीं पटती। इतने दिन रहा यहाँ,

मगर एक दिन भी साथ नहीं सोए। इस तरह साथ रहकर रोज खून क्यों जलाना। बेटे को जरूर उसकी याद आएगी। लेकिन बड़े होने के बाद वह खुद ब खुद समझ जाएगा कि पापा को क्यों ऐसा फैसला करना पड़ा। जाड़ों की छुट्टियों में उसे अपने पास ले आऊँगा।

वह लगातार सोचे जा रहा था। उसे अब नए सिरे से जीवन शुरू करना था। ये यात्रा मेरा नया सफर है।

तभी दरवाजा भड़ाक से खुला और अपने में ही मग्न एक लड़की गीले बाल पोंछती हुई भीतर दाखिल हुई। लड़की को शायद यह अन्दाजा न था कि कूपे में कोई मर्द भी है क्योंकि उसे देखते ही वह चौंक गई। उसके मुँह से जैसे चीख निकलते-निकलते रह गयी।

"हैलो!" सकपकाहट में लड़की के मुँह से निकला।

"हैलो!" उसने जवाब दिया। वह भी उतना ही सकपका गया था। उसे भी अन्दाजा न था कि कूपे की दूसरी सवारी कोई लड़की होगी।

"ये आपकी बर्थ है क्या?" उसने पूछा।

"जी, मैं फ्रेश होने गई थी। आप भी क्या दिल्ली जा रहे हैं?"

"जी, हाँ, और आप? अकेली?" उसे यकीन नहीं हो रहा था कि कूपे में कोई लड़की इस तरह अकेले सफर कर सकती है। मर्दों का क्या है, मगर स्त्रियों के लिए ऐसे सफर करना ठीक नहीं। कौन जाने दूसरा आदमी कैसा मिल जाए। वैसे भी यात्राओं के दौरान मर्द ज्यादा बेफिक्र या निश्चिन्त और दुस्साहसी हो जाते हैं।

"पापा को साथ जाना था, पर अचानक उन्हें कोई जरूरी काम आ पड़ा। आज सुबह ही उनका टिकट कैंसल करवाया। दिल्ली में बड़ा भाई आएगा स्टेशन पर लेने।" वह अपनी बर्थ पर बैठते हुए बोली। वह समझ रहा था कि लड़की ये सारी बातें खुद को सेफ करने के लिए बता रही है। उसने जींस और टीशर्ट पहनी हुई थी। वी गले की टी-शर्ट। बर्थ पर वह कुछ देर हैंड टावल से अपने गीले बाल पोंछती रही। उसे अजीब लगा। ट्रेन में उसने आजतक किसी लड़की को बाल धोते नहीं देखा था।

"स्टेशन आते हुए एक कौए की बुरी नजर पड़ गई बालों पर, इसलिए बाल धोने पड़े", उसने जैसे उसके मन में उठे सवाल को भाँप लिया था।

"ओह!"

वह लड़की के सामने असहज महसूस कर रहा था। जब कुछ न सूझा तो उसने खिड़की पर लगा पर्दा एक ओर सरका दिया और वहीं बैठ गया। लड़की बाल पोंछने में मशगूल थी। अचानक कूपे का दरवाजा खुला। अटैंडेंट था। उसने दोनों बर्थ के लिए तकिए और चादर एक बर्थ पर रख दिए।

"साहब, डिनर वेज लेंगे या नॉन वेज?" अटैंडेंट उससे मुखातिब था। क्षण भर को वह सोच में पड़ गया। अटैंडेंट कहीं यह तो नहीं समझ रहा कि हम दोनों एक साथ सफर कर रहे हैं। पति–पत्नी।

"मैं वेज लूँगी," लड़की ने उसकी ओर जिज्ञासा से देखते हुए कहा।

"मेरे लिए भी वेज ले आना।" वह नॉनवेज का शौकीन था, मगर यहाँ एक अजनबी लड़की के सामने नॉनवेज खाना ठीक नहीं। नॉनवेज तामसिक प्रवृत्तिवालों का भोजन है। लड़की अकेली है। उसे मेरा नॉन वेज खाना अच्छा नहीं लगेगा।

अटैंडेंट लौट गया। कूपे से बाहर निकलते हुए वह कूपे का दरवाजा ठीक से बन्द करना नहीं भूला। ये अटैंडेंट कूपों की प्राइवेसी का बहुत लिहाज करते हैं। उसे अच्छा लगा। उसका पसीना अब तक सूख चुका था। लड़की अच्छे समृद्ध परिवार की लग रही थी। वह बाल पोंछने में मशगूल लड़की को कई बार परखती नजरों से देख चुका था।

तीस के आसपास की होगी। बालों में सिन्दूर नहीं है। यानी अविवाहित है। पर क्या मालूम सिन्दूर बाल धोते हुए मिट गया हो। गले में सोने की चेन है। दो अँगुलियों में अंगूठियाँ हैं। एक में ये हीरे ही जड़े हुए हैं, तभी इतना चमक रही है। ये शादी की अंगूठी तो नहीं? मिडल फिंगर में शादी की अंगूठी नहीं होती। अनामिका तो खाली है। अँगुलियाँ बहुत खूबसूरत हैं। पतली और लम्बी। पूरे हाथ ही कितने सुन्दर हैं, कितने कोमल। गौरवर्णी है। चेहरा देखो। कितने तीखे नैन-नक्श। नाक बिलकुल जयाप्रदा जैसी। और वक्ष का उभार। कितनी गोलाई है! पर टीशर्ट पर इतने छोटे अक्षरों ये क्या लिखा है—GAZE ME NOT

वह घबराकर नजर हटा लेता है। ऐसे कि जैसे रंगे हाथ पकड़ा गया हो। मॉडर्न लड़की है। सुप्रिया जैसी नहीं, जो कभी दुपट्टे के बगैर घर से बाहर नहीं निकली। कितना कहने के बाद उसने जींस–टीशर्ट पहनना शुरू किया। मगर कटे गले की टी–शर्ट तो वह आज भी नहीं पहनती। उसकी नजर फिर लड़की के टी-शर्ट के गले पर फिसलती है। जरा–सा भी झुकेगी तो क्लीवेज दिख सकता है। आधुनिक और हाई क्लास सोसायटी में यह बड़ी बात नहीं—क्लीवेज का दिखना। गलत भी क्या है। दिखाने से उत्सुकता बढ़ती है। बिना उत्सुकता के जीवन कितना नीरस हो जाता है।

लड़की ने अपने हैंड टावल को टाँग दिया है। अब वह अपना पर्स खोल मेकअप कर रही है। उसके हाथों में एक छोटा–सा गोल आईना है। वह होंठों पर लिपस्टिक फिरा रही है—हल्के भूरे रंग की। अब उसके होंठों पर चमक बढ़ गयी है। चेहरे पर क्रीम लगा लेने के बाद वह डियोड्रेंट लगाती है।

मुझसे पसीने की गन्ध आ रही होगी। उसे खयाल आता है। सूटकेस में एक

परफ्यूम पड़ा है। उसे ही छिड़क लूँ थोड़ा। पर सूटकेस बर्थ के नीचे से निकालना पड़ेगा। थोड़ा पुराना है। लड़की देखेगी तो अच्छा नहीं लगेगा।

वह उठता है। बर्थ के नीचे से सूटकेस बाहर खींचता है। उसकी पीठ लड़की की ओर है। लड़की को कुछ नहीं दिखेगा। सूटकेस कैसा है, वह क्या निकाल रहा है। परफ्यूम की छोटी पुरानी शीशी ढूँढ़ने में उसे खासी मशक्कत करनी पड़ती है। सूटकेस का सारा सामान उलट-पुलट हो जाता है। काले रंग के एक पॉलिथीन को वह सूटकेस में सबसे नीचे दबाकर सामान को बेतरतीब ही छोड़ देता है। शीशी को वह कमीज की जेब के सुपुर्द करता है। उसकी नजर पाउडर के डिब्बे पर पड़ती है। वह उसे भी निकाल लेता है। अच्छा हुआ सुप्रिया ने ये सब भी डाल दिया। तुम्हारी छोटी से छोटी चीज भी मुझे इस घर में नहीं चाहिए! यही चिल्लाई थी न वह। कितना क्रोध, कितनी घृणा। अब चला आया हूँ तो देखना कैसे पछताएगी!

उसने सूटकेस बन्द किया। दोबारा बर्थ के नीचे डाला और बर्थ पर बैठ गया। लड़की की ओर देखा, तो पाया कि वह उसे ही देख रही थी। वह झेंप गया।

''मैं भी जरा फ्रेश होकर आता हूँ।'' उसने कहा और कूपे से निकल गया।

अब वह टॉयलेट में अपने चेहरे को गौर से देख रहा है। चालीस साल! उम्र चेहरे पर दिखने लगी है। रंग ने मुझे मारा। कैसा मुर्झाया रंग है। मैं भी अगर गौरवर्णी होता। वह पाउडर का डिब्बा निकालता है। सूँघता है। हाँ, थोड़ी महक है। वह ललाट से शुरू कर पूरे चेहरे पर पाउडर मलता है। नहीं, ज्यादा हो गया। वह जेब से रूमाल निकालता है। गालों को रगड़ता है। पर अब एकदम दिख ही नहीं रहा। वह फिर पाउडर लगाता है। बहुत जद्दोजहद के बाद वह पाउडर के चेहरे पर दिख रहे इफेक्ट से सन्तुष्ट हो पाता है। वह परफ्यूम निकालता है। तीन साल पहले लिया था गोवा से। पर कभी घर में माहौल ही नहीं रहा ऐसा कि इसे लगाकर निकलता। वह परफ्यूम छिड़कता है। दोनों बगलों में फिर छाती पर। थोड़ा-सा वह हाथों में भी छिड़क लेता है। क्या मालूम उस लड़की को कोई चीज पकड़ानी पड़ जाए। तब हाथों की खुशबू ही उस तक पहुँचेगी।

वह कूपे में लौट आता है। लड़की अपनी बर्थ पर लेटे हुए कोई किताब पढ़ रही है। वह उसका टाइटल देखता है। डिस्कवरी ऑफ इंडिया—जवाहरलाल नेहरू। ओह, तो इसे पढ़ने का भी शौक है। बहुत संस्कारी लड़की है। सुप्रिया से कितनी बार कहा कि दिन भर घर में रहती है। दिमाग में फालतू बातें आती हैं। कुछ पढ़ ही लिया करे। मगर पढ़ना नहीं, सिर्फ लड़ना है। वह अपनी बर्थ पर बैठ जाता है। लड़की किताब चेहरे से हटा उसकी ओर देखती है। नजरें टकराते ही वह मुस्कराती है और फिर किताब पढ़ने में तल्लीन हो जाती है। मुझे भी कोई किताब

निकाल लेनी चाहिए। वह फिर झुककर बर्थ के नीचे से बैग निकालता है। उसे जेफरी आर्चर की किताब मिल जाती है—फर्स्ट अमंग इक्वल्स। आर्चर उसे हमेशा चीप लगा है। गुलशन नन्दा का ही समानांतर, मगर लिखता तो अँग्रेजी में है। वह वापस बर्थ पर आ जाता है।

"ओह, यू आर रीडिंग जेफरी, आई लाइक हिम सो मच, ये कौन-सी है?" लड़की उसी के मुखातिब है। कितनी सहज है। मन में जो बात आए, कह दो। वह चाहे अजनबी क्यों न हो। आत्मविश्वास इसी को कहते हैं। तभी तो अकेली सफर कर रही है। सुप्रिया कर सकती है ऐसा? दो बार मुझे छुट्टी लेकर दिल्ली जाना पड़ा, सिर्फ उसे छोड़ने। अजनबियों के बीच वह कितना घबरा जाती है।

"दिस इज फर्स्ट अमंग इक्वल्स, एक बार पहले पढ़ चुका हूँ। टेरेफिक बुक। आप कौन-सी पढ़ रही हैं?"

"आजकल मैं कुछ क्लासिक्स पढ़ रही हूँ। नेहरू की डिस्कवरी ऑफ इंडिया। हिन्दुस्तान को जानने के लिए इस किताब को पढ़ना बहुत जरूरी है।"

ये लड़की कितनी अलग है। आजकल कौन पढ़ता है ऐसी किताबें।

"मैंने बहुत सुना है इसके बारे में, पर बाई चान्स मैं इसे अब तक पढ़ नहीं पाया।"

"मैं खत्म करने ही वाली हूँ। आपको गिफ्ट कर दूँगी। मुझे अच्छा लगता है किताबें गिफ्ट करना।"

"सो नाइस ऑफ यू।"

वह कुछ कहने को होता है कि दरवाजे पर खटखटाहट उसे रोक देती है।

"साहब खाना!" बाहर से आवाज आती है।

"आ जाओ वह जवाब देता है।"

अटैंडेंट बर्थों के बीच एक छोटा-सा टेबल लगा देता है। खाना खाते हुए लड़की उसे अपने बारे में बताती है। वह एक बैंक में काम करती है। उसके पिता रिटायर्ड आईएएस हैं। परिवार में माता-पिता के अलावा दो भाई हैं। बड़ा दिल्ली में मल्टीनेशनल में नौकरी करता है और छोटा अमेरिका में पढ़ाई कर रहा है। वह भी अपने बारे में बताता है कि वह एक विज्ञापन कम्पनी में है—सीनियर आर्टिस्ट। मुम्बई में उसकी पत्नी और बेटे रहते हैं। एक साल पहले ही उसका दिल्ली ट्रांसफर हुआ है। बातों ही बातों में वह उसे पत्नी से अपने कटु सम्बन्ध के बारे में बता देता है। दिल कितना हल्का हो गया बताने से। लड़की उसकी कहानी सुन बहुत संजीदा हो जाती है।

"इट्स रियली वेरी टफ ऑन यू!" अटैंडेंट के टेबल ले जाने के बाद वह फिर बात करना शुरू कर देती है।

''जीवन में सबकुछ वैसा नहीं होता, जैसा आप चाहते हैं। बहुत समझौते करने पड़ते हैं। पर कोई भी एक हद से ज्यादा समझौता नहीं कर सकता। साहिर लुधियानवी ने कहा है ना—वो अफसाना जिसे अंजाम तक लाना हो मुश्किल, उसे एक खूबसूरत मोड़ देकर छोड़ना ही अच्छा।''

''अरे वाह, आप इतनी खूबसूरत शायरी भी जानते हैं। आपके साथ वाकई बहुत ज्यादती हुई है। आपको शायराना मिजाज की बीवी मिलनी चाहिए थी।'' वह देख रहा था कि लड़की अब बहुत बेतकल्लुफी से बातें करने लगी थी। उसे एक गैर मर्द के साथ कूपे में अकेले सफर करने का कोई डर नहीं रहा था।

''कोई ब्वॉयफ्रेंड?'' उसने पूछा। वह अविवाहित है, ऐसा वह खुद ही बता चुकी थी।

''ब्वॉयफ्रेंड?'' लड़की हँसी।

''नहीं, कोई ऐसा मिला ही नहीं। कॉलेज के दिनों से ही मुझे अपनी एज के लड़के बहुत इमेच्योर लगते हैं। मैं अगर शादी करूँगी, तो कम से कम अपने से दस साल बड़े आदमी से, भले ही वह कोई तलाकशुदा क्यों न हो।'' लड़की उसके चेहरे पर नजर टिकाते हुए बोली। वह झेंप गया।

''अब आपको सोना होगा?'' कुछ देर बाद वह बोलने के लिए बोला।

''मैं मुम्बईकर हूँ, मुझे देर से सोने की आदत है। देर से सोना देर से जागना। आपको सोना है तो सो जाइए, मैं रीडिंग लाइट से काम चला लूँगी।'' वह उससे बातें करते हुए बार-बार चेहरे से किताब हटा रही है। उसकी नजर में कुछ तो जादू है। चेहरे के आगे किताब आते ही अब उसकी नजर लड़की का जिस्म नाप रही है। मन में रह-रहकर वासना की तेज हिलोरें उठ रही हैं। सुप्रिया के साथ यह वासना हमेशा दबी ही रही।

''मैं कपड़े चेंज करके आता हूँ।'' उसने लड़की से कहा और धीरे से कूपा खोल निकल गया। उसके दिमाग की नसें इस उम्मीद में फड़क रही थीं कि कूपे के एकाकीपन में उसके और लड़की के बीच कुछ भी हो सकता है। वह एक बार फिर जेब में परफ्यूम की शीशी दबा लाया था। खुशबू से मन में तरंगें उठती हैं और रोमांस का माहौल तैयार होता है—उसने किसी अँग्रेजी मैग्जीन के कॉलम अडवाइज फॉर हेल्दी सेक्स लाइफ में पढ़ा था।

वह एक बार फिर बाथरूम के आईने में खुद को निहार रहा है। पैंट-शर्ट उतारकर वह कुरता-पाजामा पहन चुका है। उसे ये ड्रेस कुछ ज्यादा ही ट्रेडिशनल लगती है, पुरानी विचारधारावाले पुराने लोगों की पसन्द, मगर उसके सामान में बरमूडा नहीं है। वह कुरता उठा छाती, उदर और गले की नंगी त्वचा पर परफ्यूम छिड़कता है।

वह कूपे में लौटता है। दरवाजे पर अटैंडेंट मिल जाता है। वह उसे सवालिया निगाह से देखता है।

''मेमसाहब ने चाय मँगाई थी।'' अटैंडेंट कहता हुआ निकल जाता है।

''आप भी पिएँगे चाय, मैंने आपके लिए भी मँगाई है, बहुत खराब आदत है मेरी रात को चाय पीने की।'' लड़की बैठी हुई है। वह देखता है कि उसने भी टीशर्ट बदल कुरता पहन लिया है। गुलाबी रंग का ढीला-सा कुरता।

''क्यों नहीं, मैं भी इस गन्दी आदत का शिकार हूँ।'' वह हँसते हुए कहता है। उसे कूपे में परफ्यूम की भीनी सुगन्ध आ रही है। जरूर इसने भी फिर से डियो छिड़का है। मर्दों को मोहित करनेवाला जादुई डियो।

वह बर्थ पर पैर नीचे लटकाकर बैठी है। चाय बनाते हुए उसे झुकना पड़ रहा है। अब उसकी नजर निर्लज्ज होकर उसके क्लीवेज के भीतर घुसने को उतावली हो रही है। दिस इज ग्रेट! वह रोमांचित है। लड़की उसे मोह लेना चाहती है। उसके दिमाग के तन्तु बजने लगे हैं।

''ये लीजिए, मेरे हाथों की स्पेशल टी आपके लिए।'' वह कप उसकी ओर बढ़ाती है। कप पकड़ते हुए दोनों की उँगलिया छू जाती हैं। सिर्फ छूने भर से ही झनझनाहट। वह अपने ही ट्रेक पर सोचे जा रहा है। काश चाय की ऐवज में मैं उसे चूमकर शुक्रिया कर पाता। नहीं, जल्दबाजी से खेल बिगड़ सकता है। बातें कर, खूब बातें कर, सुप्रिया भी तो पहले खूब बातें करने को कहती है, औरतें जरूर एक ही तरह सोचती होंगी। वह चाय की चुस्की लेते हुए तेजी से सोच रहा है।

''वाह, बहुत बढ़िया टेस्ट है, आपके हाथों में जादू है।'' वह चुस्की पूरी लेते ही बोलता है। लड़की तारीफ सुनकर मुस्कराती है। ओह! कितनी जालिम मुस्कान है।

''मैं आपको इस किताब का एक पैरा पढ़ाती हूँ, देखिए कितना लाजवाब लिखा है।'' कहते हुए वह उसकी बर्थ पर आ बैठती है। उससे सटकर। उफ! उफ! उफ! सबकुछ कितनी तेजी से हो रहा है।

''अच्छा पहले चाय पूरी पी लीजिए, ठंडी हो जाएगी।''

वह एक ही घूँट में बची चाय गटक जाता है। समय बहुत कीमती है। बर्बाद क्यों करना।

''वाकई बहुत दिलचस्प है।'' वह भारतीय संस्कृति की तारीफ में लिखा गया वह पैरा पढ़ जाता है। मगर उसका दिमाग कहीं और भी चल रहा था। लड़की कितनी सट गई है मुझसे।

''रुकिए, मैं जरा दरवाजा ठीक से बन्द कर दूँ।'' अचानक वह उठकर अन्दर से चिटकनी लगा आती है।

ये क्या? वह तो खुद ही मुझ पर झुकी आ रही है। ओह! उसके होंठ मेरे होंठों की ओर बढ़ रहे हैं। वह बर्थ पर लेट गया है। क्या सचमुच ऐसा हो रहा है। दिमाग के तन्तु अब दीप्त हो जलने लगे हैं। सबकुछ बन्द आँखों में डूब रहा है।

वह आँखें खोल रहा है। उसे आवाज़ सुनाई दे रही है—साहब उठिए! साहब उठिए! दिल्ली आ गई।

आँखें खुल नहीं रहीं। वह जोर लगाता है। सामने अटैंडेंट खड़ा है।

"अरे साहब उठिए, दिल्ली पहुँच गए हैं।" फिर अटैंडेंट की आवाज।

हूँ!, वह उठ रहा है। अब उसे अटैंडेंट साफ दिखाई दे रहा है। मस्तिष्क वस्तुस्थिति का संज्ञान ले रहा है।

बहुत गहरी नींद आ गई थी, वह खड़ा हो जाता है।

"साहब कुछ बख्शीश!" अटैंडेंट उसका सामान बर्थ के नीचे से निकाल रहा है।

"देता हूँ, जरा बाहर रुको, मैं चेंज कर लूँ।" वह सामने की खाली बर्थ को देख रहा है। अटैंडेंट के जाते ही वह नीचे झुककर देखता है। बर्थ के नीचे सूटकेस नहीं है। वो लड़की कहाँ गई? रात में उसे नींद कब आई? वह दिमाग पर जोर दे रहा है। वह मुझ पर झुक रही थी। फिर? वह और जोर लगाता है। पर दृश्यों का सिलसिला आगे नहीं खिसकता। ऐसा कैसे हो सकता है। उस ऊँचाई पर तैरते हुए मैं नींद में कैसे जा सकता हूँ। कपड़े बदलते हुए वह लगातार दिमाग पर जोर दे रहा है। पर अभी ज्यादा सोचने का समय नहीं। उसे सामान लेकर बाहर निकलना है।

पैंट पहन चुकने के बाद वह पिछली जेब में हाथ डालता है। अटैंडेंट को बख्शीश देनी है। एक जेब, दूसरी जेब, कमीज की जेब, उसे पर्स नहीं मिल रहा। वह बैग खोलता है। वहाँ भी नहीं। सूटकेस? सूटकेस कहाँ गया? वह झुककर दोनों बर्थों के नीचे देखता है। सूटकेस कहीं नहीं था। उसमें काले पॉलिथीन में तीन लाख रुपये थे, कैश। सुप्रिया और उसके ज्वान्इट अकाउंट से कल ही उसने निकाले थे, एफडी तुड़वाकर। छह लाख में से तीन सुप्रिया के तीन उसके। उसने बँटवारा शुरू कर दिया था। तो क्या उस लड़की ने मुझे ठग लिया? क्या उसने चाय में कुछ मिला दिया था। वह जानती थी कि मैं कुछ ही देर में नींद के आगोश में चले जाने वाला हूँ इसीलिए उसने वह सब किया? ओह! मैं लूट लिया गया हूँ!

अब क्या करूँ? क्या अटैंडेंट को बुलाकर पूछूँ? वह तो समझ रहा था कि हम पति-पत्नी हैं। बार-बार उसे मेम साहब पुकार रहा था। वह सुनेगा तो हँसेगा मुझ पर। ट्रेन में नशीली चीज खिलाकर लूटने की खबरें उसने पढ़ी थीं। मगर किसी दिन उसके साथ भी ऐसा होगा और वह भी कोई लड़की ऐसा करेगी, यह कल्पनातीत था।

अचानक उसे कुछ याद आता है। वह ब्रीफकेस खोलता है। उसकी पॉकेट में उसे लिफाफा मिल जाता है। वह लिफाफा खोलता है। उसमें दो सौ इक्यावन रुपये हैं। सुप्रिया के पैसे हैं ये, शिव मन्दिर का चढ़ावा। झगड़े के बावजूद सुप्रिया ने बेटे के हाथ उसे ये पैसे दिए थे। मम्मी ने शिवजी भगवान के लिए पैसे दिए हैं। बेटे ने लिफाफा उसकी ओर बढ़ाया था, सुप्रिया के सामने ही। वह लिफाफा न रखता पर बेटे की निश्छल छवि उसे शांत कर देती है।

और आज सुप्रिया के यही पैसे मेरी इज्जत बचा रहे हैं।

पैसे जेब में रख वह बैग कन्धे पर लटकाता है। ब्रीफकेस हाथ में लेता है और कूपे से बाहर आ जाता है। बाहर अटैंडेंट खड़ा है। वह उसके हाथ में सौ रुपये रखता है। बचे हुए पैसे घर तक पहुँचाएँगे उसे। अटैंडेंट की आँखों में उसे सवाल तैरते दिखते हैं। वह नजर चुराकर सरपट डिब्बे से बाहर निकल जाता है।

धूप का पर्दा

वह आते ही मेरे जीवन पर छा गई। जैसे गर्मियों में आसमान में एक छोर से उठे बादल देखते ही देखते पूरे आकाश पर छा जाते हैं...तेज हवाएँ चलने लगती हैं...झमाझम बारिश शुरू हो जाती है और सबकुछ भीग जाता है। मैं भी भीग गया हूँ। वह महज एक मुलाकात का दरवाजा ठेलकर मेरे जीवन में आई और गहरे उतरते चली गई। उसके पीछे-पीछे भावनाओं का चक्रवात भी चला आया। मैं कैद हो गया इस चक्रवात में। अब मुझे सब कुछ उड़ता हुआ दिखाई देता है—उड़ता और भागता हुआ। समय भाग रहा है...दिन उड़ रहे हैं...मैं भी भाग रहा हूँ...उड़ रहा हूँ...

कुछ घंटों में वह मेरे सामने होगी। घर में अकेला हूँ। पत्नी बेटी को लेकर मायके में डेरा डाले हुए है। नौकरानी भी आज छुट्टी पर है। खाली घर जैसे उसी का इन्तजार कर रहा है।

मैं आईने में अपना चेहरा देखता हूँ। कनपटी पर बाल काफी सफेद हो चुके हैं। मूँछ भी अब सफेद दिखने लगी है। आधा गंजा हो चुका हूँ। गंजेपन का कुछ नहीं कर सकता, मगर मूँछ के सफेद बाल तो हटा ही सकता हूँ। मैं कैंची ले आता हूँ। कुछ देर जद्दोजहद के बाद भी मूँछ में सफेद बाल दिखाई देते हैं। बेहतर यही है कि इन्हें रंग देता हूँ...डाई लगाने से मैं बचता रहा हूँ, उससे मेरी त्वचा जलने लगती है, पर आज लगा ही लूँ...आधा घंटा इसी में निकल जाता है। काली मूँछ चेहरे पर फब रही थी...अब दाढ़ी के सफेद बालों का क्या करूँ... वे इतने सारे हैं। बेकार ही रखी दाढ़ी। अफसोस से भर जाता हूँ।

आईने में कुछ और ध्यान से देखता हूँ। गालों की त्वचा में रन्ध्र दिखाई पड़ते हैं। लेकिन चेहरा इतना बुरा भी नहीं। दो-चार बार मुँह पिचकाता-फुलाता हूँ...अपने पूरे कद पर नजर जाती है, बस, थोड़ी तोंद निकल आई है। उसे भीतर खींचने की कोशिश करता हूँ... हूँ! अभी भी काया में थोड़ा छरहरापन बचा है! साँस खींचकर छाती में हवा भरता हूँ। बदन कुछ सुडौल दिखने लगता है। कुछ दिन अगर लगातार व्यायाम कर सकूँ...पास ही एक फिटनेस सेंटर खुल गया है, कुछ महीनों के लिए

वहाँ जा सकता हूँ...बस किसी तरह यह नामुराद पेट अन्दर चला जाए...तब पर्सनैलिटी कुछ खिल उठेगी...तब शायद मैं उसे ज्यादा आकर्षक लगूँ...

मैं उसके लिए मीठे पानी का सोता बनना चाहता हूँ, जब भी उसे प्यास लगे वह नदियों, पहाड़ों, मरुस्थलों को लाँघती हुई मेरे पास चली आए। यह असम्भव तो नहीं...प्रेम में पड़ने की कोई उम्र नहीं होती...काश! ऐसा हो जाए...एक लेखक को प्रेम की प्रेरणा से ज्यादा क्या चाहिए...

मैंने दीवार घड़ी की ओर नजर घुमाई। नौ बजनेवाला था। उसके आने में डेढ़ घंटा बाकी था। क्या करूँ? मुझे सारे काम बोझिल लग रहे थे। कुछ देर उसके बारे में सोच लूँ। वह आएगी...दरवाजे की घंटी बजाएगी। मैं कुछ क्षण रुककर दरवाजा खोलूँगा। मेरे उतावलेपन का उसे आभास न होने पाए। मैं उसकी ओर भरपूर मुस्कान उछालूँगा। वैसी ही जैसी कॉलेज के दिनों में शालिनी के सामने आने पर अनायास मेरे चेहरे पर आ जाती थी, जिस पर शालिनी फिदा हो गयी थी।

"ओह! तुम आ गई?"—हाँ, यही कहना चाहिए मुझे...कुछ अविश्वास के साथ, जैसे मैं उसके आने की उम्मीद नहीं कर रहा था। वह भीतर चली आएगी, मुस्कराते-झेंपते हुए। आखिर पहली बार घर आ रही है। उसे मालूम है कि आज घर पर कोई नहीं है। अच्छा किया मैंने उसे बता दिया। अब भी अगर वह आती है तो सब कुछ जान-समझकर ही आएगी।

वह तेईस की तो होगी ही, एम.ए. किए उसे तीन बरस हो चुके। वैसे आजकल की लड़कियाँ ऐसी बातें बहुत कम उम्र में ही जान लेती हैं। नया इंडिया पुराने भारत-सा कहाँ रहा? हमारे समय जैसी बात अब नहीं रही...चार साल साथ-साथ पढ़ाई करने के बावजूद शालिनी और मैं मुस्कराने से आगे कहाँ बढ़ सके...

अन्दर आकर वह क्या करेगी? मुझसे लिपट तो नहीं जाएगी? नहीं, अभी हमारी दोस्ती यहाँ तक नहीं पहुँची...पर वह दिन भी जरूर आएगा...

अन्दर आकर वह बैठकखाने के सोफे पर बैठ जाएगी...मुझे क्या करना होगा तब? उससे कुछ देर बातें की जाएँ या पहले चाय बना लूँ...चाय नहीं कॉफी बनानी चाहिए...इस खास मौके का अहसास भी तो खास होना चाहिए। कॉफी पीते हुए उससे बातें की जा सकती हैं...वह चित्रकार बनना चाहती है...तो उससे वॉन गॉग और हुसैन के बारे में बातें करूँ। हुसैन की एक बहुत पुरानी पेंटिंग मेरे घर पर है। पता नहीं पिता को कहाँ से मिली? शायद यह तब की है जब हुसैन बम्बई में फिल्मों के पोस्टर बनाया करते थे। पिता भी गाँव से भागकर पहले बम्बई ही गये थे। यह पेंटिंग उन्हीं दिनों उनके हाथ लगी होगी। अब वह मेरे बैठकखाने की शोभा बढ़ा रही थी। इसे देखकर वह जरूर अभिभूत हो जाएगी।

और क्या बातें की जाएँ? उसे सद्दाम हुसैन को फाँसी पर चढ़ाने का

राजनीतिक एंगल समझाया जाए या निठारी हत्याकांड के कुछ दर्दनाक पहलुओं को खोला जाए...नहीं, निठारी नहीं, उससे जायका खराब हो जाएगा। कुछ और बातें करनी चाहिए। धर्म पर कोई छोटी-सी बहस...नहीं! नहीं! धर्म तो हमेशा प्रेम के आड़े आता है...अच्छा होगा कुछ हल्के-फुल्के विषय उठाऊँ, जैसा मनिन्दर करता है अपनी प्रेमिकाओं के साथ, यूँ ही बेसिर पैर की बातें...जोक्स, हँसी...फीलगुड... बॉलिवुड...सिनेमा के सितारों पर थोड़ी गपशप...उसने बताया था कि वह मल्लिका सेहरावत की नई फिल्म 'प्यार के साइड इफैक्ट' देख चुकी है। यही ठीक रहेगा...मल्लिका पर बात की जाए। मुझे उसकी ओर धीरे-धीरे ही कदम बढ़ाने होंगे। उसे पता न चल पाए कि उसके साथ हो क्या रहा है। बातें करते हुए उसका हाथ छू लेना...उसकी आँखों में झाँकना...

मैं फिर से आईने के सामने आ गया। क्षण भर को अपना ही चेहरा बेगाना लगा...और यह खादी का कुरता पाजामा तो मुझ पर कतई नहीं जँच रहा...मुझे जीन्स और टी-शर्ट पहन लेनी चाहिए...

कपड़े बदल मैं एक बार फिर आईने के समक्ष था...अब यह क्या...अचानक लगा कि मैं घबरा रहा हूँ, डर रहा हूँ, जैसे कोई अपराध करनेवाला होऊँ। मेरे साथ यह हमेशा होता है, ऐसा-वैसा काम करते हुए अन्तरात्मा जाग जाती है। मुझे अन्तरात्मा को गहरी नींद सुला देना था। बस एक बार वह नजर की भाषा समझ ले...हमारे बीच सम्भव असीम आनन्द की थाह ले सके...

कितनी सहजता से सब कुछ होता चला गया था। कुछ महीने पहले ही तो मुझे एक दिन उसका खत मिला था—"डियर शेखर जी, आपकी कहानियाँ पढ़ती रहती हूँ। 'कल मिलेंगे अलका' अभी-अभी खत्म की है। इतनी अच्छी कहानी लगी कि खुद को खत लिखने से रोक न सकी। आप इसी शहर में रहते हैं, क्या मैं आपसे मिल नहीं सकती? प्लीज! ...आपसे एक बार मिलना चाहती हूँ।" पच्चीस साल के लेखन व्यवसाय में मुझे पहली बार किसी लड़की का ऐसा खत मिला था। मैंने अगले ही दिन उसे फोन किया। कितनी खुश हुई वह...अपने माता-पिता से भी मेरी बात करवाना चाहती थी, पर मैंने ही मना कर दिया। झंझट में कौन पड़े। दो दिन बाद ही वह मुझसे मिलने ऑफिस आई। अनुमान से कहीं सुन्दर निकली वह। गौर वर्ण, बॉब कट बाल, बड़ी-बड़ी आँखें...चमकती हुई त्वचा...मुझे विस्मय हुआ... इतनी सुन्दर लड़कियाँ भी साहित्य पढ़ती हैं?

कुछ दिनों बाद वह एक प्रदर्शनी में टकरा गयी। फिर तो अकसर उसके फोन आने लगे। एक दिन पढ़ने को किताबें माँग ले गई। हमारी पहचान का यही सिलसिला था।

कल भी उसका फोन आया था। मैं ऑफिस में था। उसे किताबें वापस करनी

थीं। पहले मैंने उसे ऑफिस आने को कह दिया, लेकिन अचानक खयाल आया कि रविवार को घर पर कोई न होगा। सोचा क्यों न उसे घर बुला लिया जाए। घर आने का ऑफर दिया तो वह सहर्ष तैयार हो गयी। बल्कि जब मैंने बताया कि घर पर मैं अकेला हूँगा तो वह और खुश हो गयी। "सर, फिर तो खूब बातें होंगी आपके साथ!" उसके मुँह से निकले शब्द अब भी मेरे कानों में खनक रहे हैं।

उसके आने में अब बमुश्किल आधा घंटा शेष है। मेरी बेचैनी बढ़ती जा रही है। घबराहट अब भी बनी हुई है। मैं उसके पार जाने की कोशिश कर रहा हूँ। यह किसी बड़ी खुशी के इन्तजार में अकारण होनेवाली घबराहट है। कुछ दूसरे सवाल भी जहन में उठने लगे हैं। क्या यही हमारे चन्द महीने पुराने सम्बन्ध की तार्किक परिणति है? हाँ!, शायद यही उसकी परिणति है। हमारे बीच दूसरा और क्या सम्बन्ध सम्भव है? मैं एक विवाहित, बाल-बच्चेदार आदमी हूँ, अपने पचासवें वसन्त की ओर बढ़ता हुआ। मैं जीवन की ढलान पर आ चुका हूँ और वह अभी चढ़ाई पर है। मैं मुरझा रहा हूँ, वह खिल रही है।

मैं पहली मुलाकात से ही उससे बँध गया था। लव एट फर्स्ट साइट! हाँ, यह कुछ ऐसा ही मामला था। लव था या सिर्फ आकर्षण? जो भी था, मगर यह इतना एकतरफा भी नहीं था...उसने मुझे आगे बढ़ने से तो नहीं रोका? मैंने उसकी सुन्दरता की सराहना की और वह शरमा गयी। मैंने उसे अपने साथ नाटक देखने का न्योता दिया और उसने स्वीकार कर लिया। मैंने उसके जन्मदिन पर एक सूट उपहार में दिया और वह खुशी से झूम उठी। मैंने उसे अपने दुख बताए और उसकी आँखें नम हो गईं। मैंने उसे रात-बेरात मोबाइल पर सन्देश भेजे और उसने रात-बेरात उन सन्देशों के जवाब दिए। एक बार उसने बातों ही बातों में बताया कि वह जॉब करना चाहती है। मैंने उसका मन जानने को एक दिन उसे साफ कह दिया कि अगर वह नौकरी की आस में मुझसे दोस्ती बढ़ा रही है तो उसे निराश होना पड़ सकता है। "मैं आपसे किसी स्वार्थ से नहीं जुड़ी हूँ!" उसने तपाक से कहा था। मुझे खुशी हुई।

लेकिन इस उम्र तक आते-आते मैं समझने लगा था कि बिना स्वार्थ के कोई किसी से नहीं जुड़ता। अभी नहीं तो कुछ दिनों बाद सही, वह मेरे रुतबे का कोई लाभ तो लेना ही चाहेगी...शायद वह नहीं जानती, मेरे कहने भर से उसे छोटी-मोटी नौकरी तो मिल ही सकती है...

कुछ दिनों पहले मैंने बातों ही बातों में मनिन्दर को अपने जीवन में उठी इस हलचल के बारे में बताया तो उसे एकाएक भरोसा नहीं हुआ। "छड यार, तू झूठ बोलदा है, इन्नी जवान कुड़ी तेरे चक्कर विच क्यों पेएगी?" मेरे मोबाइल में लड़की के सन्देश देखकर ही उसे यकीन हुआ। "ओ कमाल कित्ता यार, कुड़ी पट

गई है, अब देर किस बात दी, चक दे फट्टे।'' उसके मुँह से बेसाख्ता निकला।

चन्द मिनट बचे थे उसके आने में। वह आती होगी, किसी भी क्षण, सोच-सोचकर मेरे रोएँ खड़े हो रहे थे, झुरझुरी उठ रही थी। दिल धक-धक कर रहा था...और तभी दरवाजे की घंटी बजी। दिल और जोर से धड़कने लगा। मैंने दरवाजा खोला। सामने वही थी, मुस्कराती हुई। उसकी उल्लास भरी आँखों से चमक फूट रही थी।

''लो मैं आ गयी, कहा था न जरूर आऊँगी!'' वह मुझे ठेलकर भीतर आ गई, जैसे अपने ही घर में कदम रख रही हो और सीधे बैठकखाने का मुआयना करने लगी।

''वाऊ बहुत खूबसूरत ड्राइंगरूम है सर आपका। बाप रे! इतनी बड़ी पेंटिंग, जरा देखूँ किसकी है, एमएफ हुसैन की! सर सच बताना, क्या असली पेंटिंग है?'' वह कौतुक से मेरी ओर देख रही थी। मैं मुस्करा दिया।

''बताइए न सर! क्या आपने खरीदी यह पेंटिंग, बहुत महँगी पड़ी होगी, हुसैन तो अब करोड़ों में बिकते हैं!'' वह पेंटिंग को करीब से देख रही थी। मैं मुस्कराता रहा।

''ओह सर, ये आप और मैडम हैं, कितने खूबसूरत लग रहे हैं आप और कितने यंग, परफैक्ट जोड़ी है, कब की फोटो है यह, जरूर शादी के बाद की होगी, हनीमून की, है न!'' वह दीवारों पर लगी दूसरी चीजें देखने लगी।

''अरे रे रे, कितनी स्मार्ट बेटी है आपकी, कहीं इसे मेरी नजर न लगे,'' वह सीने पर क्रॉस बनाते हुए बोली।

''ये उसकी बचपन की तस्वीरें होंगी...कौन सी क्लास में है?''

''टेन्थ में'' मैं भी तस्वीरें देखने लगा था। ये सारी तस्वीरें मेरी पत्नी ने लगाई थीं। तस्वीरों का उसे इतना शौक है कि अलबमों से एक बक्सा पूरा भर चुका है।

''आपने तो पूरी दीवार ही बेटी की तस्वीरों से भरी हुई है, बहुत प्यार करते हैं उसे? मेरे पापा भी मुझे बहुत प्यार करते हैं।'' वह तस्वीरें देख रही थी और सवाल पूछ रही थी।

''अच्छा बताओ क्या पिओगी, तुम्हारे लिए कॉफी बनाता हूँ...'' मैंने मुस्कराते हुए पूछा। इस मुस्कराहट को मुझे नहीं छोड़ना है। मैंने खुद को चेताया।

''सर, चाय-कॉफी तो मैं पीती नहीं, आप इतनी तकलीफ क्यों कर रहे हैं? कुछ बातें करते हैं, अपना ज्ञान हमें भी दीजिए, यह भी कोई बात है कि मेहमान आए और मेजबान किचन में घुस जाए।'' वह मेरे हाथ खींच सोफे पर धँसते हुए बोली। उसने पहली बार मुझे छुआ। मेरे जिस्म में बिजली दौड़ गई। क्या चाहती है वह? क्यों मुझे इस तरह अपने करीब बैठा रही है? मैं बैठ गया।

उसने मेरा हाथ अपने हाथ में ले लिया। मैंने देखा कि मेरे हाथ पर नसें कुछ ज्यादा ही उभरी हुई थीं और त्वचा काली और खुरदुरी पड़ गई थी। उसके कोमल सफेद हाथों में मुझे अपना हाथ बहुत भद्दा लगा। मैंने हाथ वापस खींच लिया।

''सर, आप बहुत अच्छे हैं, धीर-गम्भीर...और लिखते तो आप इतना अच्छा हैं, मैं आपकी कहानियों की सबसे बड़ी फैन हूँ...'' वह मेरी आँखों में झाँक रही थी। मैं थोड़ा अचकचा गया।

''मेरी जैसी तो आपकी न जाने कितनी फैन होंगी,'' अचानक वह रुआँसी होते हुए बोली। लेकिन अगले ही क्षण वह फिर चहक उठी। ''उन सब में मगर मैं ही सबसे लकी हूँ...इस तरह कोई आपके घर तो नहीं आया होगा?'' मैं चुप रहा।

''लगता है आप मुझसे नाराज हैं, कॉफी नहीं पी इसलिए? ठीक है, आप बना लीजिए कॉफी, आज पी लेती हूँ...एक बार पीने से क्या हो जाएगा?'' मैं उठकर किचन में आ गया। मेरे कॉफी बनाने तक वह मेज पर रखी पत्रिकाएँ पलटती रही।

मेरे हाथों से कॉफी का प्याला लेते हुए वह मुस्कराई। कितनी मीठी मुस्कान है! मैं उसके करीब ही बैठ गया। मैंने कनखियों से उसे देखा। उसके वक्ष उठ-गिर रहे थे। जरूर भीतर हलचल हो रही होगी।

''चलो बालकनी में बैठते हैं।'' मैंने फरमाइश की। वह उठ खड़ी हुई।

''अरे सर! यहाँ तो किताबें ही किताबें हैं, इतना कैसे पढ़ लेते हैं आप? बालकनी में मैंने किताबों की शीशे लगी बड़ी अलमारी रखी हुई थी। वह शीशे पर हाथ फेर रही थी। अलमारी के अलावा वहाँ एक छोटा सा पलंग भी था। मैंने उसके आने से पहले ही इस पलंग पर थोड़ा इत्र छिड़क दिया था।

कुछ किताबें देखने के बाद वह भी पलंग पर बैठ गयी। कुछ देर के लिए वहाँ सन्नाटा खिंच गया। क्या यह तूफान आने से पहले का सन्नाटा है? मनिन्दर ने कहा था कि उसके साथ अकेले में मुझे घबराना नहीं था। उससे बातें करते रहना था, जैसे डॉक्टर बच्चों को इंजेक्शन देते हुए उन्हें बातों में बहला के रखता है। उसकी सुन्दरता की तारीफ करनी थी। आँखों की, होंठों की, जुल्फों की...उसका हाथ थामना था। फिर मुझे अपलक उसकी आँखों में देखकर सहसा उसका चेहरा अपनी ओर खींचना था और उसके होंठ चूम लेने थे। मगर क्या यह सब इतना आसान था?

''सर ये रहीं आपकी किताबें, कुछ और किताबें देंगे न आज?'' उसने फर्श पर रखे बैग से किताबें निकालकर मुझे थमा दीं।

''ले जाना, जितनी तुम्हें चाहिए,'' बहुत देर बाद मेरे मुँह से शब्द निकले थे। उसे आए हुए अब खासा समय हो चुका था। उसका हाथ थामना तो बहुत दूर की बात, मैं अब तक उसकी आँखों में झाँकने का साहस भी नहीं कर पाया था। घबराहट जाती न थी। उस तरह का कुछ सोचते ही अन्तरात्मा फड़फड़ाने लगती।

लेखक होना ही मेरे आड़े आ रहा था...मनिन्दर होता तो अब तक बहुत आगे बढ़ चुका होता...पता नहीं कैसे वह लड़कियों को अपने वश में कर लेता है... मैंने मन कड़ा किया और एक बारगी सीधे उसकी आँखों में झाँका...बेखौफ...हिरण की आँखें...नीली झील...उल्लास भरा जगमग सवेरा...उसने आँखों में काजल लगाया हुआ था। मैंने देखा कि काजल का एक जरा-सा टीका उसकी पेशानी के छोर पर बालों में छिपा हुआ था। मैं ठिठक गया।

"तुमने इस उम्र में भी नजर का टीका लगाया हुआ है? यह कोई नया फैशन है?"

"फैशन नहीं सर, यह मेरी माँ की करतूत है, इकलौती हूँ न, टीका लगाए बिना घर से बाहर नहीं जाने देती। उसकी चले तो बच्चों की तरह माथे पर ही टीका लगा दे, मगर मैं इसे बालों में छिपा देती हूँ। आपकी नजर बहुत तेज है, इतना छोटा टीका भी देख लिया?" उसने अपने बालों को थोड़ा आगे कर टीके को छिपा लिया। मैंने एक बार फिर उसकी आँखों में झाँकने की कोशिश की।

"इस तरह मेरी आँखों में क्या देख रहे हैं, जरूर वहाँ भी आपको कोई कहानी दिख रही होगी।" उसने मेरी आँख से आँख मिलाते हुए कहा। मैंने सकपकाकर कदम वापस खींच लिए। दिल अचानक जोरों धड़कने लगा, जैसे चोरी करते हुए रंगे हाथ पकड़ा गया होऊँ।

"मैं चेखव नहीं कि किसी भी बात पर कहानी लिख दूँ।" मैंने पलंग पर रखी किताबें उठाते हुए कहा। उनमें चेखव की कहानियों की किताब भी थी।

"लेकिन आपकी दाढ़ी एकदम चेखव जैसी लगती है सर..." उसने हाथ बढ़ाकर मेरी दाढ़ी छुई। मैं फिर सकपका गया। यह लड़की कुछ ज्यादा ही बिन्दास है। इस तरह तो मेरी पत्नी ने भी आज तक मेरी दाढ़ी नहीं छुई।

"तो तुमने चेखव की ये सारी कहानियाँ पढ़ लीं? और ये तोलस्तोय का उपन्यास?" मेरे हाथ में तोलस्तोय का 'पुनरुत्थान' था।

"दोनों पढ़ लिए सर, पर तोलस्तोय के उपन्यास में उतना मजा नहीं आया, चेखव की कहानियाँ जरूर लाजवाब लगीं।" उसने मेरे हाथों से किताब ले ली और उसके पन्ने पलटने लगी।

"क्यों तोलस्तोय तो हमेशा नैतिकता के पक्ष में रहे हैं, इस उपन्यास की नायिका मास्लोवा के प्रति भी उनमें कितनी सहानुभूति है। उन्होंने मास्लोवा को लेकर नेख़्लूदोव का कितना मार्मिक हृदय परिवर्तन दिखाया है?" बातों की आड़ में मैंने एक बार फिर उसकी आँखों में झाँकने की कोशिश करते हुए कहा।

"ऐसे हृदय परिवर्तन से क्या लाभ, मास्लोवा का जीवन तो उसने बर्बाद किया ही न! अपने दैहिक आनन्द के लिए उसने उस बेचारी को कैसे नर्क में धकेल

दिया...कोई भला आदमी इस तरह किसी औरत को ठगकर उसके साथ जिस्मानी सम्बन्ध कैसे बना सकता है...यह बलात्कार करने से कम नहीं है...सर, इट्स अ प्योर रेप...'' उसकी आवाज में थोड़ा आवेश उतर आया था। मैं एक साथ कई कदम पीछे लौट आया। नहीं! मुझसे कुछ न हो सकेगा! उसके मुंह से रेप जैसा शब्द सुनकर मेरी रूह काँप उठी।

''लेकिन नेख़्लूदोव को अपने किए पर पछतावा तो होता है न?'' अपनी घबराहट को पीछे करते हुए मैंने बात जारी रखी।

''यह तो ऐसा ही हुआ कि आप किसी की हत्या कर दो और फिर पछताने लगो। औरत का बलात्कार क्या उसकी हत्या से कम होता है? लेकिन मर्द इसे नहीं समझ सकते। आप भी तो मर्द ही हैं!'' उसकी आवाज में आवेश और बढ़ गया था। मुझे लगा जैसे उसने मेरे मुँह पर ही तमाचा मारा हो। शर्म से मेरा चेहरा लाल हो उठा।

''लेकिन चेखव अपनी कहानियों में अनैतिक स्टैंड लेते हैं...उनकी 'द लेडी विद द डॉग' पढ़ी तुमने? शादीशुदा औरत और मर्द कैसे अपने पति-पत्नी को छोड़ आपस में सम्बन्ध बनाते हैं? क्या यह अपात्तिजनक नहीं?'' मेरे मुँह से निकला।

''नहीं! क्योंकि उसमें औरत के साथ जोर-जबरदस्ती नहीं होती, वह अपनी इच्छा से करती है सब। आपको लगता है कि सिर्फ आदमी को ही व्यभिचार की छूट है, औरत भी किसी गैर मर्द को चाह सकती है। चेखव औरत को ऐसी छूट तो देते हैं?'' वह मुझसे आँखें मिलाकर बोल रही थी।

''तुम शायद जानती नहीं, असल जीवन में भी चेखव की एक शादीशुदा प्रेमिका थी,'' मैंने भी आवेश में आ कहा, मानो इस रहस्योद्‌घाटन के साथ मेरी जीत तय थी। लेकिन बाहर जितना आवेश था, अचेतन में उतनी ही निराशा पैठ रही थी...गहरी और भारी...मैं हार रहा था...नहीं! मुझसे कुछ नहीं हो सकेगा!

''जानती हूँ सर, चेखव मुझे बहुत पसन्द हैं, उनके बारे में सब जानती हूँ...वे जितने सुन्दर थे और जितने प्रतिष्ठित, उनसे कोई भी स्त्री प्रेम करना चाहती, और तब वे इतने बूढ़े भी तो नहीं हुए थे।'' कहते हुए वह उठ खड़ी हुई। अनजाने ही उसने जैसे अन्तिम सत्य उगल दिया।

मेरी नजर अचानक सामने आइने पर गई। आइने से एक बूढ़ा झाँक रहा था।

इस बहस को आगे बढ़ाने के लिए मेरे पास अब कुछ नहीं बचा था। मैंने उठकर खिड़की के परदे हटा दिए। शीशे के पाट खोल दिए...बाहर धूप खिली हुई थी...खिड़की खोलते ही धूप की एक चौड़ी पट्टी फर्श पर फैल गई...हवा में उसके और मेरे बीच अब सिर्फ धूप का पारदर्शी पर्दा था...मेरी आँखों का पर्दा गिर चुका था।

रिटायरमेंट

"आप निश्चिन्त रहें, मैं देख रहा हूँ। कुछ न कुछ जरूर हो जाएगा। मैंने माथुर साहब से बात कर ली है।" मैंने त्रिवेदी जी से कहा। वे बहुत मायूस-सा चेहरा लिए सामने बैठे थे। मुझे थोड़ी चिढ़ हो रही थी कि त्रिवेदी जी एक ही बात को लेकर इतनी बार मेरे पास क्यों आ रहे हैं। चिढ़ इसलिए भी हो रही थी क्योंकि मैं जानता था कि त्रिवेदी जी का काम होनेवाला नहीं था। मैंने उनकी अर्जी माथुर साहब को दी ही नहीं थी।

मुझे हैरानी होती थी कि लोग क्यों रिटायरमेंट के बाद भी नौकरी करना चाहते हैं। मैं ऐसी अर्जियाँ देनेवालों से बहुत चिढ़ता था। ज़्यादा नहीं भी तो पिछले दस सालों में मेरे अंडर काम करनेवाले बीस कर्मचारी तो सेवानिवृत हुए ही थे। इनमें से लगभग हर बन्दे ने नौकरी की सीमा बढ़ाने का आवेदन किया था। नियमानुसार हमारी कम्पनी में अठावन की उम्र में सेवानिवृति तय है, लेकिन कुछ साल पहले मालिकों ने कुछ बातों का लिहाज करते हुए एक कर्मचारी की नौकरी दो साल बढ़ा दी। बस तब से ही हर बन्दा दो साल नौकरी बढ़ाने की अर्जी जरूर दे देता था।

मुझे वाकई इस मध्यवर्गीय मानसिकता से बहुत नफरत हो गयी थी, जो नौकरी के बिना जीवन को बेकार समझती थी। अरे भई, चालीस साल नौकरी कर ली। अब दो साल में क्या कमा लोगे। जीवन का भी थोड़ा तो आनंद लो। जाओ, अपनी पत्नियों को घुमाने ले जाओ। विदेश नहीं तो अपने देश में ही सही। अपने कुछ शौक पूरे कर लो। अँग्रेजी फिल्म 'बकेट लिस्ट' के नायक की तरह अपनी उन सभी इच्छाओं को पूरा करो, जो नौकरी की अफरातफरी में दिल में ही दबी रह गईं। हजारों काम हैं, जिनके जरिए आप चाहें तो पैसा भी कमा सकते हैं। मगर यह क्या कि कोल्हू के बैल की तरह घर से दफ्तर, दफ्तर से घर—बस इसी घेरे में घूमते रहें। हैरानी यह देखकर ज्यादा होती थी कि पैसे वाले कर्मचारी भी नौकरी बढ़ाने की अर्जी दे रहे थे। मैं मन ही मन उन पर हँसता था—इनकी अगर एक करोड़ की लॉटरी लग जाये, तो ये उस पैसे को बैंक में डाल फिर नौकरी करने पहुँच जायेंगे। गुणसूत्रों

के जरिये विकसित हुई ये आदत इनकी मृत्यु के साथ ही जायेगी।

तो मैं अपनी इन सबके प्रति ऐसी नफरत के चलते तो उनकी अर्जियाँ रद्द करता ही था, पर मैं यह भी अच्छी तरह जानता था कि मालिकों ने खास वजह से उस कर्मचारी की नौकरी बढ़ाई थी। ऐसा वह सबके साथ नहीं करनेवाले थे। उस कर्मचारी की कहानी यह है कि वह घुड़दौड़ का उस्ताद था और कम्पनी के युवा मालिकों का बूढ़ा पिता जुए के जबदस्त शौक़ का मारा था। इस काम के लिए वह हमेशा रविवार को जब भी घुड़दौड़ होती थी, इस कर्मचारी को अपने साथ लेकर जाते थे। अब यह सच है या लोग आदतानुसार बढ़ा-चढ़ाकर बोलते हैं, कहते हैं कि एक बार जब कम्पनी डूबने के कगार पर थी, तो इन युवा मालिकों के पिता ने इस कर्मचारी की मदद से ही घुड़दौड़ में इतना पैसा जीता कि कम्पनी दिवालिया होने से बच गई। कहते तो यह भी हैं कि मालिकों के पिता ने बिना इस कर्मचारी से पूछे कभी रेस पर पैसा नहीं लगाया। पिता के कहने पर ही बेटों ने कम्पनी के नियम बदलकर इस कर्मचारी की नौकरी दो साल बढ़ाई। दुर्योग ऐसा कि एक साल बाद ही मालिकों के पिता का देहान्त हो गया और दो साल पूरे होने पर उस कर्मचारी को भी विदा कर दिया गया। इस बात को दस साल गुजर गये और इस बीच एक भी कर्मचारी की नौकरी नहीं बढ़ाई गई थी, पर नौकरी बढ़ाने की अर्जी देने का प्रचलन चल निकला था।

मेरे रिटायरमेंट को बमुश्किल तीन महीने बाकी थे और इन दिनों मैं दफ्तर में बहुत फख्र से भरा रहता था कि मैंने बाकी लोगों की तरह नौकरी बढ़ाने के लिए कम्पनी से फरियाद नहीं की थी। कम्पनी के नियमानुसार नौकरी बढ़ाने की अर्जी रिटायर होने के दो महीने पहले तक दी जा सकती थी। माथुर साहब एक-दो बार मुझे इशारा कर चुके थे—''भई तुम्हारी बात और है। तुम्हारे मामले में मालिकों को कोई परेशानी नहीं होगी। तुम तो काम के कीड़े हो और मालिकों को ऐसे लोग ही चाहिए। तुम क्यों नहीं अर्जी देते?''

'नहीं माथुर साहब, आपको पता ही है कि इस मामले में मेरा क्या स्टैंड है। मैं जब दूसरों की अर्जियाँ रिजेक्ट करता रहा, तो अब खुद कैसे अप्लाई कर सकता हूँ?'

मैंने कॉलेज के दिनों में ही सोच लिया था कि एक नौकरी, एक बीवी, दो बच्चों और एक स्कूटरवाला जीवन नहीं जिऊँगा। बीवी तो खैर एक ही रही, बच्चा भी एक ही हुआ और स्कूटर चलाना मैंने सीखा नहीं। सिर्फ नौकरी को लेकर समझौता करना पड़ा। तो अब जब मौका मिल रहा है इससे मुक्त होने का, तो क्यों इस खुशी से महरूम रहूँ।

मैं नौकरी के अन्तिम दिनों का भरपूर मजा ले रहा था। मैंने धीरे-धीरे बत्तीस साल से जमा अपनी दराज के कागजात साफ कर डाले थे। इन्हीं दिनों एक रोज त्रिवेदी मुझसे मिलने आए। उन्हें रिटायर हुए छह महीने गुजर चुके थे। रिटायरमेंट से पहले वह रोज ही मुझसे अपनी अर्जी के बारे में पूछते थे। मैं जानता था कि उनका कुछ न होगा, पर वे इतनी उम्मीद से भरे मेरे पास आते थे कि उन्हें झूठी दिलासा देनी पड़ती थी मुझे। बाद में मैं उन्हें सामने देख कन्नी काटने लगा था। छह महीने बाद उन्हें अचानक सामने पाकर मैं बहुत उत्साह से मिला उनसे। शायद इस तरह मैं रिटायरमेंट से पहले उनके प्रति अपने रूखे बर्ताव की भरपाई करना चाहता था।

'कैसे हैं त्रिवेदी जी, इतने दिनों बाद अचानक कैसे आना हुआ?' मैंने उन्हें कुर्सी पर बैठने का इशारा करते हुए कहा।

'पहले ही आ जाता आपसे मिलने मगर क्या करता, अस्पताल में भर्ती रहा कई दिनों तक। दिल की बाईपास सर्जरी हुई। कुछ दिन पहले ही चलने-फिरने लायक हुआ हूँ।' त्रिवेदी जी ने लगभग हाफँते हुए कहा। मैंने गौर किया कि वे बहुत दुबले हो गये थे। सर्जरी की वजह से उनका बायाँ हाथ ऊपर नहीं उठ पा रहा था।

'देखिये आप खुद देखिये, ये हाथ बस इतना ही ऊपर उठता है। डॉक्टर का कहना है कि पाँच-छह महीने फीजियोथेरेपी करानी होगी, तभी कुछ सुधार हो पायेगा। पर पाँच-छह महीने तक थेरेपी कराने के पैसे किसके पास हैं।' त्रिवेदी जी ने अपना बायाँ हाथ मेज पर टिकाते हुए कहा।

उस दिन त्रिवेदी जी घंटे भर तक अपनी व्यथा सुनाते रहे। उनके जाने के बाद कुछ देर तक मैं सन्न रहा। उन्होंने बताया कि रिटायर होने के कुछ दिनों बाद ही उनकी छाती में दर्द उठा। पता चला कि दिल तक खून पहुँचानेवाली तीनों नलियाँ लगभग बन्द हो गई थीं। आनन-फानन सर्जरी करनी पड़ी। सर्जरी भी ऐसी गड़बड़ायी कि जहाँ पाँच लाख खर्च होने थे, वहाँ आठ लाख उड़ गये। रिटायर होते समय कम्पनी से उन्हें कुल मिलाकर दस लाख की जमापूँजी मिली थी। उनकी मंशा थी कि वे उस पैसे को बैंक में जमा कर ब्याज के पैसों से अपना खर्च चलाएँगे, मगर अब ऐसा नहीं हो सकता था। वे मुझसे छोटा-मोटा काम दिलाने का निवेदन लेकर ही आये थे। मैं जानता था कि उनका एक बेटा भी है, जो अमेरिका में नौकरी कर रहा था। वह अपने पिता का इलाज तो करवा ही सकता था।

'नहीं, बेटे से मदद लेने का सवाल ही नहीं पैदा होता। चार साल हो गये। उसके अमेरिका जाने के बाद उससे मैंने कभी बात नहीं की। हमारे कई सैद्धान्तिक मतभेद हैं। उसने हमसे पूछे बिना वहीं विवाह भी कर लिया। ऐसे बेटे के सामने हाथ फैलाने का क्या मतलब।' बेटे की बात सुनते ही उनका चेहरा लाल हो गया था। त्रिवेदी जी घोर वामपन्थी थे। वे यूनियन में भी लम्बे समय तक ऐक्टिव रहे थे। ऐसा

खुद्दार व्यक्ति अगर अपने बेटे से भी मदद न ले, तो यह अस्वाभाविक नहीं था।

उस दिन त्रिवेदी जी के जाने के बाद मुझे लगा कि वे मुझमें एक बेचैनी छोड़ गये हैं। मैं सचमुच परेशान-सा हो गया था, पर मुझे अपनी परेशानी की ठीक-ठीक वजह समझ नहीं आ रही थी। घर पहुँचकर मैंने अपनी पत्नी दिव्या को त्रिवेदी जी का किस्सा सुनाया। दिव्या ने उनके प्रति सहानुभूति जतायी और मुझे उनके लिए काम ढूँढने में मदद करने को कहा। लेकिन मेरे दिमाग में कुछ और ही द्वन्द्व चल रहा था।

'तुम्हें नहीं लगता कि हम दोनों को भी अपना मेडिकल चेकअप करवा लेना चाहिए,' मैंने अन्ततः दिव्या से कह ही दिया। मैं जानता था कि मेरी इस बात से वह यही आशय निकालेगी कि त्रिवेदी जी की बातें सुनकर मैं घबरा गया हूं। लेकिन मुझे लग रहा था कि सवाल हकीकत का सामना करने का था।

'सुनो, इसी हफ्ते चैकअप करवाना होगा। और यह बताओ कि सरस्वती तो ठीक है न? उसका सुबोध से फिर से तो झगड़ा नहीं हुआ?' सरस्वती हमारी बेटी है, सुबोध उसका पति। वह भी अपने पति के साथ अमेरिका में रहती है। दस साल हो गये। इस दौरान वह सिर्फ एक बार आ पायी थी हमसे मिलने। बेटी का एक बेटा है। छह साल पहले आर्थिक मन्दी के दौर में सुबोध की नौकरी चली गयी थी और उसे छह महीने बेरोजगार रहना पड़ा था। तब दिव्या ने एक लाख रुपये उन्हें भेजे थे। मगर किस्मत अच्छी थी सुबोध की कि छह महीने बाद ही नयी नौकरी मिल गयी। तब से उन्हें कोई आर्थिक दिक्कत हुई हो, मुझ तक ऐसी खबर नहीं पहुँची कभी।

'ये सुबोध की नौकरी तो ठीक चल रही है न?' मैंने दिव्या से पूछा। हालाँकि पूछते ही मुझे अटपटा लगा। मैं सुबोध के बारे में कभी बात ही नहीं करता था।

'तुम इतनी बहकी-बहकी' बातें क्यों कर रहे हो आज? क्या हो गया तुम्हें? दिव्या तीस साल से मेरे साथ थी। वह मेरे मिजाज के हर रंग से खूब वाकिफ थी। कैसी-कैसी घटनाएँ घटीं, पर मैंने परिवार के मामलों में कभी दिलचस्पी नहीं ली। मेरा स्वभाव ही नहीं था ऐसा। बेटी का भी फोन आता था, तो वह माँ से ही ज्यादा बातें करती थी। तो जो इंसान बेटी से भी बात न करता हो ठीक से, वह उसके पति के बारे में कैसे पूछ रहा था?

अगले कुछ दिनों तक मेरी मानसिक हालत ऐसी ही बनी रही। मुझे लगातार एहसास होता रहा कि मेरे दिमाग में हर वक्त कोई न कोई तकलीफदेह खयाल चल रहा है। मुझे अचानक उमड़ आई ऐसी नकारात्मकता की वजह समझ नहीं आ रही थी।

आज नौकरी बढ़ाने की अर्जी देने का आखिरी दिन था। मैं दफ्तर में अपने रोजमर्रा के काम निपटा तो रहा था, मगर पिछले कुछ दिनों में मेरी हालत बद से बदतर हो चली

थी। मैंने जिस अहम और आत्मविश्वास के साथ अब तक का जीवन जिया था, वह दरक रहा था। इस बीच मैं दो बार अपना चैकअप करवा चुका था। मैं देख रहा था कि दिव्या मेरी मानसिक स्थिति को देख चिन्तित होने लगी थी। लेकिन वह मुझे कुछ कह नहीं रही थी। कहती कैसे। वह जानती थी कि मैं कितना स्वाभिमानी हूँ।

ऑफिस में मैं रुटीन काम तो कर रहा था, पर मेरा मन कहीं और था। मैंने दो दिन पहले ही नौकरी बढ़ानेवाला फार्म मँगवाकर अपनी दराज में रख छोड़ा था। सुबह से मैं दो-तीन बार उसे निकाल चुका था। मगर मैंने उसे भरने के लिए जितनी बार कलम उठाया, मेरा अहम सिर उठाकर खड़ा हो गया—नहीं अनुराग पांडे, तुम ऐसा नहीं कर सकते। जिस काम के लिए तुम अपने हर मातहत को हिकारते रहे, उनकी हँसी उड़ाते रहे, आज वही काम तुम कैसे कर सकते हो? लेकिन कल अगर मेरे दिल को भी सर्जरी की जरूरत पड़ गयी, तो पैसा कहाँ से आयेगा? जब त्रिवेदी जी के अपने बेटे ने मदद नहीं की, तो मेरा तो कोई बेटा भी नहीं। दिव्या पहले ही डायबिटीज से त्रस्त है। उसका ब्लडप्रेशर भी बढ़ा रहता है। उसे ही कुछ हो गया तो? मेरे पास बैंक में पैसों की कौन-सी खान पड़ी हुई है। त्रिवेदी जी को दस लाख मिले कम्पनी से, तो मुझे बीस लाख मिल जाएँगे। उससे क्या होगा? एक ही बीमारी में पन्द्रह-बीस लाख खर्च हो जाते हैं आजकल। सवाल पर सवाल बरस रहे थे मुझ पर। दोपहर तक मेरे सिर में दर्द होने लगा था। मेरे लिए यह असहनीय हो रहा था। आखिरकार शाम को ठीक ऑफिस छोड़ने से पहले मैंने नौकरी बढ़ाने की अर्जी पर दस्तखत कर ही दिए। सौभाग्य से माथुर साहब अभी ऑफिस में ही थे। मैंने उनसे आँखें मिलाये बिना किसी तरह अर्जी उनके सुपुर्द की।

मेरे रिटायर होने में अब सिर्फ पाँच दिन बचे थे और अब तक मेरी अर्जी का कोई जवाब नहीं मिला था। मैं अपने अनुभव से जानता था कि इतनी देर होने का यही मतलब था कि अर्जी रिजेक्ट हो चुकी है।

'आप निश्चिन्त रहें। कुछ न कुछ जरूर हो जायेगा। मैं देख रहा हूँ।' माथुर साहब मेरे फोन का जवाब दे रहे थे। मैंने आखिरी उम्मीद के साथ उन्हें फोन किया था। मुझे उनके सपाट लहजे में छिपी चिढ़ को पहचानने में देर नहीं लगी। यह चिढ़ मेरी जानी-पहचानी थी। मैं समझ सकता था कि माथुर साहब को मेरा फोन लेने में कैसा महसूस हो रहा होगा। मुझे भी ऐसा ही महसूस होता था, जब मेरे मातहत अपनी अर्जी के बारे में मुझे फोन करते थे और मुझे उन्हें सांत्वना देनी पड़ती थी, जबकि मैं उनकी अर्जियाँ पहले ही रिजेक्ट कर चुका होता था।

❑ ❑ ❑